双峰文丛

# 夏天的一条街道

苏童 著

山东画报出版社

# 目 录

## 关于记忆

自行车之歌 / 003

雨和瓦 / 014

河流的秘密 / 018

三棵树 / 028

露天电影 / 037

金鱼热 / 041

女裁缝 / 046

关于冬天 / 052

夏天的一条街道 / 058

城北的桥 / 064

船 / 071

过去随谈 / 077

童年的一些事 / 085

初入学堂 / 092

九岁的病榻 / 099

六十年代,一张标签 / 104

错把异乡当故乡 / 108

八百米故乡 / 113

一份自传 / 122

母 校 / 128

水缸回忆 / 132

苏州北局 / 141

一个城市的灵魂 / 146

南方是什么 / 155

南腔北调 / 166

沉默的人 / 169

饶舌的益处 / 174

父　爱 / 178

苍老的爱情 / 181

薄　醉 / 185

说　茶 / 188

## 关于创作

你为何对我感到失望 / 193

我的读书生涯 / 197

小说是灵魂的逆光 / 203

短篇小说，一些元素 / 211

我看短篇小说 / 219

童年生活在小说中 / 223

文学作品中现实生活的魅力 / 245

关于创作，或无关创作 / 271

神话是飞翔的现实 / 279

关于文学的自问自答 / 301

伟大的杂文 / 307

虚构的热情 / 311

# 关于记忆

# 自行车之歌

一条宽阔的缺乏风景的街道，除了偶尔经过的公共汽车、东风牌或解放牌卡车，小汽车非常罕见，繁忙的交通主要体现在自行车的两个轮子上。许多自行车轮子上的镀光已经剥落，露出锈迹，许多穿着灰色、蓝色和军绿色服装的人骑着自行车在街道两侧川流不息，这是一部西方电影对二十世纪七十年代北京的描述——多么笨拙却又准确的描述。所有人都知道,看到自行车的海洋就看到了中国。

电影镜头遗漏的细部描写现在由我来补充。那些自行车大多是黑色的,车型为二十六寸或者二十四寸,后者通常被称为女车,但女车其实也很男性化,造型与男车同样地显得憨厚而坚固。偶尔地会出现几辆红色和蓝色的跑车,它们的刹车线不是裸露垂直的钢丝,而是一种被化纤材料修饰过的交叉线,在自行车龙头前形成时髦的标识——就像如今中央电视台的台标。彩色自行车的主人往往是一些不同寻常的年轻人,家中或许有钱,或许有权。这样的自行车经过某些年轻人的面前时,有时会遇到刻意的阻拦。拦车人用意不一:有的只是出于嫉妒,故意给你制造一点麻烦;有的年轻人则很离谱,他们胁迫主人下车,然后争先恐后地跨上去,借别人的车在街道上风光了一回。

我们现在要说的是普通的黑色的随处可见的自行车,它们主要由三个品牌组成:永久、凤凰和飞鸽。飞鸽是天津自行车厂的产品,在南方一带比较少见。我们那里的普通家庭所梦想的是一辆上海产的永久或者凤凰牌自行车;已经有一辆男车的人家毫不掩饰地告诉别人,还想搞一辆凤凰;已经有一辆男车的人家很贪心地找到在商场工作的亲戚,说,能不能再弄到一辆二十四寸的女车?然而在一个物质匮乏的时代,这样的要求就像你现在去向人家借钱炒股票,只能引起对方的反感。

有些刚刚得到自行车的愣头青在街上"飙"车,为的是炫耀他的车和车技。看到这些家伙风驰电掣般地掠过狭窄的街道,泼辣的妇女们会在后面骂:去充军啊!骑车的听不见,他们就像如今的赛车手在环形赛道上那样享受着高速的快乐。也有骑车骑得太慢的人,同样惹人侧目。我一直忘不了一个穿旧军装的骑车的中年男人,也许是因为过于爱惜他的新车,也许是车技不好,他骑车的姿势看上去很怪,歪着身子,头部几乎要趴在自行车龙头上,他大概想不到有好多人在看他骑车。不巧的是这个人总是在黄昏经过我们街道，孩子们都在街上无事生非，不知为什么那个人骑车的姿势引起了孩子们一致的反感，认为他骑车姿势像一只乌龟。有一天我们突然冲着他大叫起来：乌龟！乌龟！我记得他回过头向我们看了一眼，没有理睬我们。但是这样的态度并不能改变我们对这个骑车人莫名的厌恶。第二天我们等在街头，当他准时从我们的地盘经过时，昨天的声音更响亮更整齐地追逐着他：乌龟！乌龟！那个无辜的人终于愤怒了，我记得他跳下了车，双目怒睁向我们跑来，大家纷纷向自己家逃散。我当然也是逃，但我跑进自家大门时向他望了一眼，正好看见他突然站住，他也在回头张望，很明显他对倚在墙边的自行车放心不下。我忘不了他站在街中央时的犹豫，最后他转过身跑向他的自行车。这个可怜的男人，为了保卫自行车，他承受了一群孩子无端的侮辱。

我父亲的那辆自行车是六十年代出产的永久牌。从我记事到八十年代离家求学，我父亲一直骑着它早出晚归。星期天的早晨我总是能看见父亲在院子里用纱线擦拭他的自行车。现在我是以感恩的心情想起了那辆自行车,因为它曾经维系着我的生命。童年多病,许多早晨和黄昏我坐在父亲的自行车上来往于家和医院的路上。曾经有一次我父亲用自行车带着我骑了二十里路,去乡村寻找一个握有家传秘方的赤脚医生。我难以忘记这二十里路,大约十里是苏州城内的那种石子路、青石板路(那时候的水泥沥青路段只是在交通要道装扮市容),另外十里路就是乡村地带海浪般起伏的泥路了。我像一只小舢板一样在父亲身后颠簸,而我父亲就像一个熟悉水情的水手,他尽量让自行车的航行保持通畅。就像自信自己的车技一样,他对我坐车的能力表示了充分的信任,他说:没事,没事,你坐稳些,我们马上就到啦!

多少中国人对父亲的自行车怀有异样的亲情。多少孩子在星期天骑上父亲的自行车偷偷地出了门,去干什么?不干什么,就是去骑车！我记得我第一次骑车在苏州城漫游的经历。我去了市中心的小广场,小广场四周有三家电影院、一家商场。我在三家电影院的橱窗前看海报,同一部样板戏,画的都是女英雄柯湘,但有的柯湘是圆脸,有的柯湘却画成了个马脸,这让我很快对电影海报的制作水平做出了判断。然后我进商场去转了一圈,空荡荡的货架没有引起我的任何兴趣。等我从商场出来,突然感到十分恐慌,巨大的恐慌感恰好就是自行车给我带来的:我发现广场空地上早已成为一片自行车的海洋,起码有几千辆自行车摆放在一起,黑压压的一片,每辆自行车看上去都像我们家的那一辆。我记住了它摆放的位置,但车辆管理员总是在擅自搬动你的车,我拿着钥匙在自行车堆里走过来走过去,头脑中一片晕眩,我在惊慌中感受了当时中国自行车业的切肤之痛:设计雷同,不仅车的色泽和款式,甚至连车锁都是一模一样的!我找不到我的自行车了,我的钥匙能够捅进好多自行车的车锁眼里,但最后却不能把锁打开。车辆管理员在一边制止我盲目的行为，她一直在向我嚷嚷：是哪一辆，你看好了再开！可我恰恰失去了分辨能力，这不怪我，令人不可思议的事情总是发生在自行车上。我觉得许多半新不旧的"永久"自行车的坐垫和书包架上，都散发出我父亲和我自己身上的气息，怎能不让我感到迷惑？

自行车的故事总与找不到自行车有关，不怪车辆管理员们，只怪自行车太多了。相信许多与我遭遇相仿的孩子都在问他们的父母：自行车那么难买，为什么外面还有那么多的自行车？这个问题大概是容易解答的，只是答案与自行车无关。答案是：中国，人太多了。

到了七十年代末期，一种常州产的金狮牌自行车涌入了市场。人们评价说金狮自行车质量不如上海的永久和凤凰，但不管怎么说，新的自行车终于出现了。购买"金狮"还是需要购车券。打上"金狮一辆"记号的购车券同样也很难觅。我有个邻居，女儿的对象是自行车商场的，那份职业使所有的街坊邻居感兴趣,他们普遍羡慕那个姑娘的婚姻前景,并试探着打听未来女婿给未来岳父母带了什么礼物。那个将做岳父的也很坦率,当场从口袋里掏出一张盖着蓝印的纸券,说:没带什么,就是金狮一辆!

自行车高贵的岁月仍然在延续,不过应了一句革命格言:排除万难,去争取胜利。我们街上的许多人家后来品尝了自行车的胜利,至少拥有了一辆金狮,而我父亲在多年的公务员生涯中利用了一切能利用的关系,给我们家的院子推进了第三辆自行车——他不要"金狮",主要是缘于对新产品天生的怀疑,他迷信"永久"和"凤凰",情愿为此付出多倍的努力。

第三辆车是我父亲替我买的,那是一九八〇年我中学毕业的前夕,他们说你假如考不上大学,这车就给你上班用。但我考上了。我父母又说,车放在家里,等你大学毕业了,回家工作后再用。后来我大学毕业了,却没有回家乡工作。于是我父母脸上流露出一种失望的表情，说：那就只好把车托运到南京去了，反正还是给你用。

一个闷热的初秋下午，我从南京西站的货仓里找到了从苏州托运来的那辆自行车。车子的三角杠都用布条细致地包缠着，是为了避免装卸工的野蛮装卸弄坏了车子。我摸了一下轮胎，轮胎鼓鼓的，托运之前一定刚刚打了气，这么周到而细致的事情一定是我父母合作的结晶。我骑上我的第一辆自行车离开了车站的货仓，初秋的阳光洒在南京的马路上，仍然热辣辣的，我的心也是热的，因为我知道从这一天起，生活将有所改变，我有了自行车，就像听到了奔向新生活的发令枪，我必须出发了。

那辆自行车我用了五年，是一辆黑色的二十六寸的凤凰牌自行车，与我父亲的那辆"永久"何其相似。自行车国度的父母，总是为他们的孩子挑选一辆结实耐用的自行车，他们以为它会陪伴孩子们的大半个人生。但现实既令人感伤又使人欣喜，五年以后我的自行车被一个偷车人骑走了。我几乎是怀着一种卸却负担的轻松心情，跑到自行车商店里，挑选了一辆当时流行的十速跑车，是蓝色的，是我孩提时代无法想象的一辆漂亮的威风凛凛的自行车。

这世界变化快——包括我们的自行车，我们的人生。许多年以后我仍然喜欢骑着自行车出门，我仍然喜欢打量年轻人的如同时装般新颖美丽的自行车，有时你能从车流中发现一辆老"永久"或者老"凤凰"，就像一张老人的写满沧桑的脸，让你想起一些行将失传的自行车的故事。我曾经跟在这么一辆老"凤凰"后面骑了很长时间，车的主人是一个五十来岁的男人，他的身边是一个同样骑车的背书包的女孩，女孩骑的是一辆目前非常流行的捷安特，是橘红色的山地车，很明显那是父女俩。我也赶路，没有留心那父女俩一路上说了些什么，但我要告诉大家的是，两辆自行车在并驾齐驱的时候一定也在交谈，两辆自行车会说些什么呢？其实大家都能猜到，是一种非常简单的交流——

黑色的老"凤凰"说：你走慢一点，想想过去！

橘红色的"捷安特"却说：你走快一点，想想未来！

# 雨和瓦

二十年前的雨听起来与现在有所不同。雨点落在更早以前出产的青瓦上,室内的人便听见一种清脆的铃铛般的敲击声。毫不矫饰地说,青瓦上的雨声确实像音乐,只是隐身的乐手天生性情乖张喜怒无常,突然地它失去了耐心,雨声像鞭炮一样当空炸响。你怀疑如此狂暴的雨是否怀着满腔恶意,然后忽然地它又倦怠了,撒手不干了，于是我们只能听见郁积在屋檐上的雨水听凭惯性滴落在窗前门外，小心翼翼地，怀着一种负疚的感觉。这时候沉寂的街道开始苏醒，穿雨衣或打伞的人踩着雨的尾巴，走在回家的路上。有个什么声音在那里欢呼起来：雨停啦！回家啦！

智利诗人聂鲁达是个爱雨的人，他说：雨是一种敏感、恐怖的力量。他对雨的观察和总结让我感到惘然。是什么东西使雨敏感？又是什么东西使雨变得恐怖？我对这个无意义的问题充满了兴趣。请想象一场大雨将所有行人赶到了屋檐下，请想象人们来到室内，再大的雨点也不能淋湿你的衣服和文件，那么是什么替代我们去体会雨的敏感和恐怖呢？

二十年前我住在一座简陋的南方民居中，我不满意于房屋格局与材料的乏味，我对我家的房屋充满了一种不屑。但是有一年夏天我爬上河对面水泥厂的仓库屋顶，准备练习跳水的时候，我头一次注意到了我家屋顶上的那一片蓝黑色的小瓦，它们像鱼鳞那样整齐地排列着，显出一种出人意料的壮美。对于我来说那是一次奇特的记忆，奇特的还有那天的天气，一场暴雨突然来临，几个练习跳水的男孩干脆冒雨留在高高的仓库顶上，看着雨点急促地从天空中泻落，冲刷着对岸热腾腾的街道和房屋，冲刷着我们自己的身体。

那是我唯一一次在雨中看见我家的屋顶，暴雨落在青瓦上，溅出的不是水花，是一种灰白色的雾气。然后雨势变得小一些了，雾气就散了，那些瓦片露出了它简洁而流畅的线条。我注意到雨水与瓦的较量在一种高亢的节奏中进行，无法分辨谁是受伤害的一方。肉眼看见的现实是雨冲洗了瓦上的灰土，因此那些陈年的旧瓦突然焕发出崭新的神采，在接受了这场突如其来的雨水冲洗后，它们开始闪闪发亮，而屋檐上的瓦楞草也重新恢复了植物应有的绿色。我第一次仔细观察了雨水在屋顶上制作音乐的过程，并且有了一个新的发现：不是雨制造了音乐，是那些瓦对于雨水的反弹创造了音乐。

说起来是多么奇怪，我从此认为雨的声音就是瓦的声音，无疑这是一种非常唯心的认识，这种认识与自然知识已经失去了关联，只是与某个记忆有关。记忆赋予人的只是记忆。我记得我二十年前的家，除了上面说到的雨中的屋顶，还有我们家洞开的窗户，远远的，隔着茫茫的雨帘，我从窗内看见了母亲，她在家里，正伏在缝纫机上赶制我和我哥哥的衬衣。

现在我不记得那件衬衣的去向了，我母亲也早已去世多年。但是二十年前的一场暴雨使我对雨水情有独钟。假如有铺满青瓦的屋顶，我不认为雨是恐怖的事物；假如你母亲曾经在雨声中为你缝制新衬衣，我不认为你会有一颗孤独的心。

这就是我对于雨的认识。

这也是我对于瓦的认识。

## 河流的秘密

对于居住在河边的人们来说,河流是一个秘密。

河床每天感受着河水的重量,可它是被水覆盖的,河床一直蒙受着水的恩惠,它怎么能泄露河流的秘密?河里的鱼知道河水的质量,鱼的体质依赖于河流的水质,可是你知道鱼儿是多么忍辱负重的生灵,更何况鱼类生性沉默寡言,而且孤僻，它情愿吐出无用的水泡，却一直拒绝与河边的人们交谈。

河流的秘密始终是一个秘密。"亲爱的，我永远也不会对你讲/河水为什么这么缓慢地流淌。"这是西班牙诗人加西亚·洛尔迦的诗句。这是一个热爱河流的诗人卖关子的说法，其实谁又能知道河水流得如此缓慢，是出于疲惫还是出于焦虑，是顺从的姿态还是反抗的预兆，是因为河水昏昏欲睡还是因为河水运筹帷幄？

岸是河流的桎梏。岸对河流的霸权使它不屑于了解或洞悉河流的内心，岸对农田、运输码头、餐厅、房地产业、散步者表示了亲近和友好，对河流却铁面无情。很明显这是河与岸的核心关系。岸以为它是河流的管辖者和统治者，但河流并不这么想。居住在河边的人们都发现河流的内心是很复杂的，即使是清澈如镜的水，也有一个深不可测的大脑器官。河流的力量难以估计，它在夏季与秋季会适时地爆发一场革命，淹没傲慢的不可一世的河岸。这时候河与岸的关系发生了倒置，由于这种倒置关系，一切都乱套了。居住在河边的人们人心惶惶，他们使用一切可能使用的建筑材料来抵挡河水的登门造访。不怪他们慌张失态，他们习惯了做水的客人，从来没有欢迎河水来登堂做客的准备。河边的居民们在夏季带着仓皇之色谈论着水患，说洪水在一夜大雨之后夺门而入，哪些人家的家具已经浮在水中了，哪些街道上的汽车像船一样，在水中抛锚了。他们埋怨洪水破坏了他们的生活，他们没有意识到与水共眠或许该是他们正常生活的一部分。河水与人的关系被人确立，河水并没有发表意见，许多人便产生了种种误会。其实本着公平交易的原则，河流的行为是可以解释的。试想想，你如果经常去一个地方寻找欢乐，那么这地方的主人必将回访。回访是一种礼仪。水的性格和清贫决定了它所携带的礼物：水，仍然是水。

　　河流在洪水季节中获得了尊严，它每隔几年用漫溢流淌的姿势告诉人们，河流是不可轻侮的。然后洪水季节过去了。河边的居民们发现深秋的河流水位很高，雨水的大量注入使河水显示出新鲜和清澈的外貌，秋天的河流与岸边的树木做反向运动，树木在秋风中枯黄了，落叶了，而河流显得容光焕发、朝气蓬勃。如果你站在某座横跨河流的大桥上俯瞰秋天的流水，你会注意到水流的速度、水流的热情足以让你感到震撼：那是野马的奔腾；是走出囚室的思想者在旷野中的一次长篇演讲；那是河流对这个世界的一年一度的倾诉，它告诉河岸，水是自由的不可束缚的，你不可拦截不可筑坝，你必须让我奔腾而下。河流告诉岸上的人群：你们之中，没有人的信仰比水更坚定，没有人比水更幸运。河流的信仰是海洋，多么纯朴的信仰啊！海洋是可靠的，它广阔而深邃的怀抱是安全的，海洋接纳河流，不索香火金钱，不打造十字架，不许诺天堂，它说，你来吧。于是河流就去了。河流奔向大海的时候一路高唱水的国歌，是三个字的国歌，听上去响亮而虔诚：去海洋，去海洋！

　　谁能有柔软至极雄壮至极的文笔为河流谱写

四季歌？我不能。你恐怕也不能。我一直喜欢阅读所有关于河流的诗文篇章，所有热爱河流关注河流的心灵都是湿润的，有时候那样的心灵像一盏渔灯，它无法照亮岸边黑暗的天空，但是那团光与水为友，让人敬重。谁能有锋利如篙的文笔直指河流的内心深处？我没有，恐怕你也没有，我说过河流的秘密不与人言说，赞美河流如何能消解河流与我们日益加剧的敌意和隔阂？一个热爱河流的人常常说他羡慕一条鱼，鱼属于河流，因此它能够来到河水深处，探访河流的心灵。可是谁能想到如今的鱼与河流的亲情日益淡薄，新闻媒体纷纷报道说河流中鱼类在急剧减少，所有水与鱼的事件都归结为污染，可"污染"两个字怎么能说出河流深处发生的革命，谁知道是鱼类背叛了河流，还是河流把鱼类逐出了家门？

现在我突然想起了童年时代居所的后窗。后窗面向河流——请容许我用河流这么庄重的词汇来命名南方多见的一条瘦小的河，这样的河往往处于城市外围或者边缘。有一个被地方志规定的名字却不为人熟悉,人们对于它的描述因袭了粗犷的不拘小节的传统:河,河边,河对岸。这样的河流终日梦想着与长江、黄河的相见,却因为路途遥远交通不便而抱恨终生,因此它看上去不仅瘦小而且忧郁。这样的河流经年累月地被治理,负担着过多的衔接城乡水运、水利疏导这样的指令性任务,河岸上堆积了人们快速生产发展的房屋、工厂、码头、垃圾站,这一切使河流有一种牢骚满腹自暴自弃的表情,当然这绝不是一种美好的表情——让我难忘的就是这种奇特的河水的表情。

从记事起,我从后窗看见的就是一条压抑的河流,一条被玷污了的河流,一条患了思乡病的河流。一个孩子如何判断一条河是否快乐并不难,他听它的声音,看它的流水,但是我从未听见河水奔流的波涛声,河水大多时候是静默的。只有在装运货物的驳船停泊在岸边时,它才发出轻微的类似呓语的喃喃之声。即使是孩子,也能轻易地判断那不是快乐的声音,那不是一条河在欢迎一条船，恰好相反，在孩子的猜测中，河水在说，快点走开，快点走开！在孩子的目光中，河水的流动比他对学习的态度更加懒惰更加消极，它怀有敌意，它在拒绝作为一条河的责任和道义。看一眼春天肮脏的河面你就知道了，河水对乱七八糟的漂浮物持有一种多么顽劣的坏孩子的态度：油污、蔬菜、塑料、死猫、避孕套，你们愿意在哪儿就在哪儿，我不管！孩子发现每天清晨石埠前都有漂浮的垃圾，河水没有把旧的垃圾送到下游去，却把新的垃圾推向河边的居民，河水在说，是你们的东西，还给你们，我不管！在我的记忆中河流的秘密曾经是不合道德的秘密。我记得在夏季河水相对洁净的季节里，我曾经和所有河边居民一样在河里洗澡、游泳，至今我还记得第一次在水底下睁开眼睛的情境。我看见了河水的内部，看见的是一片模糊的天空一样的大水，就像天空一样，与你仰望天空不同的是，水会冲击你的眼睛，让你的眼睛有一种刺痛的感觉。这是河流的立场之一，它偏爱鱼类的眼睛，却憎恨人的眼睛——人们喜欢说眼睛是心灵的窗户，河流憎恨的也许恰好是这扇窗户。

我很抱歉描述了这么一条河流来探索河流的心灵。事实上河流的心灵永远比你所能描述的丰富得多，深沉得多，就像我母亲所描述的同一条河流，也就是我们家后窗能看见的河流。那是一个多么神奇的故事：有一年冬天河水结了冰，我母亲急于赶到河对岸的工厂去，她赶时间，就冒失地把冰河当了渡桥。我母亲说她在冰上走了没几步就后悔了，冰层很脆很薄，她听见脚下发出的危险的碎冰声，她畏缩了，可是退回去更危险，于是我母亲一边祈求着河水一边向河对岸走。你猜怎么着，她顺利地过了河！对于我来说这是《天方夜谭》的故事，我不相信这个故事。我问我母亲她当时是怎么祈求河水的，她笑着说，能怎么祈求？我求河水，让我过去，让我过去，河水就让我过去了！

如果你在冬天来到南方，见到过南方冬天的河流，你会相信我母亲的故事吗？你也会像我一样，对此心怀疑窦。但是关于河流的故事也许偏偏与人的自以为是在较量，这个故事完全有可能是真实的。请想一想，对于同一条河流，我母亲做了多么神奇多么瑰丽的描述！

河水的心灵漂浮在水中，无论你编织出什么样的网，也无法打捞河水的心灵，这是关于河水最大的秘密。多少年来我一直难以忘记我老家一带流传的关于水鬼的故事，我一直相信那些湿漉漉的浑身发亮的水鬼掌握了河水的秘密，原因简单极了，那些溺死的不幸者最终与河水交换了灵魂。他们看见了河水的心灵，这就是水鬼们可以自由出入水中不会再次被溺的原因，他们拿到了一把钥匙，这把钥匙能够打开河流的秘密之门。

可是在传说之外我们从来没有与水鬼们邂逅过，不管是在深夜的河岸边，还是在沿河航行的船上。水鬼如果是人类的使者，那他们一定背叛了人类，忠实于水了，他们不再上岸是为了保持河流的秘密。水鬼已经被水同化，如今他们一定潜伏在河流深处，高昂着绿色的不屈的头颅，为他们的祖国发出了最后的呐喊：岸上的人们啊，你们去征服月球，去征服太空吧，但是请记住，水是不可征服的！

# 三棵树

很多年以前我喜欢在京沪铁路的路基下游荡,一列列火车准时在我的视线里出现,然后绝情地抛下我,向北方疾驰而去。午后一点钟左右,从上海开往三棵树的列车来了,我看着车窗下方的那块白色的旅程标志牌:上海——三棵树,我看着车窗里那些陌生的处于高速运行中的乘客,心中充满嫉妒和忧伤。然后去三棵树的火车消失在铁道的尽头。我开始想象三棵树的景色：是北方的一个小火车站，火车站前面有许多南方罕见的牲口，黑驴、白马、枣红色的大骡子，有一些围着白羊肚毛巾、脸色黝黑的北方农民蹲在地上，或坐在马车上，还有就是树了，三棵树，是挺立在原野上的三棵树。

三棵树很高很挺拔，我想象过树的绿色冠盖和褐色树干，却没有确定树的名字，所以我不知道三棵树是什么树。

树令我怅惘。我一生都在重复这种令人怅惘的生活方式：与树擦肩而过。我没有树。西双版纳的孩子有热带雨林，大兴安岭的伐木者的后代有红松和白桦，乡里的少年有乌桕和紫槐，我没有树。我从小到大在一条狭窄局促的街道上走来走去，从来没有爬树掏鸟蛋的经历。我没有树，这怪不了城市，城市是有树的，梧桐或者杨柳一排排整齐地站在人行道两侧，可我偏偏是在一条没有人行道的小街上长大——也怪不了这条没有行道树的小街，小街上许多人家有树，一棵黄桷、两棵桑树静静地长在他家的窗前院内,可我家偏偏没有院子,只有一个巴掌大的天井,巴掌大的天井仅供观天,不容一树,所以我没有树。

我种过树。我曾经移栽了一棵苦楝的树苗,是从附近的工厂里挖来的,我把它种在一只花盆里——不是我的错误,我知道树与花草不同,花入土,树入土,可我无法把树苗栽到地上——是我家地面的错误,天井、居室、后门石埠,不是水泥就是石板,它们欢迎我的鞋子、我的箱子、我的椅子,却拒绝接受一棵如此幼小的苦楝树苗。我只能把小树种在花盆里。那时我是一个小学生。我把一棵树带回了家。它在花盆里,但是我的树,因此成为我的牵挂,我把它安置在临河的石埠上。一棵五寸之树在我的身边成长,从春天到夏天,它没有长高,但却长出了一片片新的叶子,我知道它有多少叶子,没有一片叶子的成长能逃过我的眼睛。后来冬天来了,我感觉到树苗的不安一天天在加深,河边风大,它在风中颤索,就像一个哭泣的孩子。我以为它在向我请求着阳光和温暖,我把花盆移到了窗台上,那是我家在冬天唯一的阳光灿烂的地方。就像一次误杀亲子的戏剧性安排,紧接着我和我的树苗遭遇了一夜狂风。狂风大作的时候我在温暖的室内,在温暖的梦境中,可是我的树苗在窗台上,在凛冽的大风中,人们了解风对树的欺凌,却不会想到风是如何侮辱我的树苗的——它把我的树从窗台上抱起来,砸在河边石埠上,然后又把树苗从花盆里拖出来,推向河水里,将一只破碎的花盆和一抔泥土留在岸上,留给我。

这是我对树的记忆之一。一个冬天的早晨,我站在河边向河水深处张望,依稀看见我的树在水中挣扎,挣扎了一会儿,我的树开始下沉,我依稀看见它在河底寻找泥土,摇曳着,颤索着,最后它安静了。我悲伤地意识到我的树到家了,我的树没有了。我的树一直找不到土地,风就冷酷地把我的树带到了水中,或许是我的树与众不同,它只能在河水中生长。

我没有树。没有树是我的隐痛和缺憾。像

许多人一样，成年以后我有过游历名山大川的经历。我见到过西双版纳绿得发黑的原始森林，我看见过兴安岭上被白雪覆盖的红松和桦树，我在湘西的国家森林公园里见到了无数以往只闻其名未见其形的珍奇树木。但那些树生长在每个人的旅途上，那不是我的树。

我的树在哪里？树不肯告诉我，我只能等待岁月来告诉我。

一九八八年对于我是一个值得纪念的年份，那年秋天我得到了自己的居所，是一栋年久失修的楼房的阁楼部分，我拿着钥匙去看房子的时候一眼就看见了楼前的两棵树，你猜是什么树？两棵果树，一棵是石榴，一棵是枇杷！秋天午后的阳光照耀着两棵树，照耀着我一生得到的最重要的礼物。伴随我多年的不安和惆怅烟消云散，这个秋天的午后，一切都有了答案，我也有了树，我一下子有了两棵树，奇妙的是，那是两棵果树！

果树对人怀着悲悯之心，石榴的表达很热

烈，它的繁茂的枝叶和灿烂的花朵，以及它的重重叠叠的果实都在证明这份情怀；枇杷含蓄而深沉，它决不在意我的客人把它错当成一棵玉兰树，但它在初夏季节告诉你，它不开玉兰花，只奉献枇杷的果实。我接受了树的恩惠。现在我的窗前有了两棵树，一棵是石榴，一棵是枇杷。我感激那个种树的素未谋面的前房东。有人告诉我两棵树的年龄，说是十五岁。我想起十五年前我的那棵种在花盆里的苦楝树苗的遭遇，我相信一切并非巧合，这是命运补偿给我的两棵树，两棵更大更美好的树。我是个郁郁寡欢的人，我对世界的关注总是忧虑多于热情，怀疑多于信任。我的父母曾经告诉过我，我有多么幸运，我不相信；朋友也对我说过，我有多么幸运，我不相信；现在两棵树告诉我，我最终是个幸运的人，我相信了。

我是个幸运的人。两棵树弥合了我与整个世界的裂痕。尤其是那棵石榴，春夏之季的早晨，我打开窗子，石榴的树叶和火红的花朵扑面而来，柔韧修长的树枝毫不掩饰它登堂入室的欲望。如果我一直向它打开窗子，不消三天，我相信那棵石榴会在我的床边、在我的书桌上驻扎下来，与我彻夜长谈。热情似火的石榴呀，它会对我说，我是你的树，是你的树！

树把鸟也带来了，鸟在我的窗台上留下了灰白色的粪便。树上的果子把过路的孩子引来了，孩子们爬到树上摘果子，树叶便沙沙地响起来，我及时地出现在窗边，喝令孩子们离开我的树，孩子们吵吵嚷嚷地离开了，地上留下了幼小的没有成熟的石榴。我看见石榴树整理着它的枝条和叶子，若无其事，树的表情提醒我那不是一次伤害，而是一次意外，树的表情提醒我树的奉献是无边无际的，我不仅是你的树，也是过路的孩子的树！

整整七年，我在一座旧楼的阁楼上与树同眠，我与两棵树的相互注视渐渐变成单方面的凝视，是两棵树对我的凝视。我有了树，便悄悄地忽略了树。树的胸怀永远是宽容和悲悯，树不作任何背叛的决定，在长达七年的凝视下两棵树摸清了我的所有底细，包括我的隐私，但树不说，别人便不知道。树只是凝视着我，七年的时光做一次补偿是足够的了。两棵树有点疲惫，我没有看出来，窗外的两棵树后来有点疲惫了，一场春雨轻易地把满树石榴花打落在地，我出门回家踩在石榴的花瓣上，对石榴的离情别意毫无察觉。我不知道，我的两棵树将结束它们的这次使命，七年过后，两棵树仍将离我而去。

城市建设的蓝图埋葬了许多人过去的居所，也埋葬了许多人的树。一九九五年的夏天，推土机将一个名叫上乘庵的地方夷为平地，我的阁楼，我的石榴树和我的枇杷树消失在残垣瓦砾之中。拆房的工人本来可以保留我的两棵树，至少保留一些日子，但我不能如此要求他们，我最终知道两棵树必将消失。七年一梦，那棵石榴，那棵枇杷，它们原来并不是我的树。

现在我的窗前没有树。我仍然没有树。树让我迷惑，我的树到底在哪里？我有过一棵石榴，一棵枇杷，我一直觉得我应该有三棵树，就像多年以前我心目中最遥远的火车站的名字，是三棵树，那还有一棵在哪里呢？我问我自己，然后我听见了回应，回应来自童年旧居旁的河水，我听见多年以前被狂风带走的苦楝树苗向我挥手示意，我在这里，我在水里！

## 露天电影

直到现在我的记忆中还经常出现打谷场上的那块银幕。一块白色的四周镶着紫红色边的银幕，用两根竹竿草草地固定着，灯光已经提前打在上面，使乡村寂寞漆黑的夜生活中出现了一个明亮欢快的窗口。如果你当时还匆匆行进在通往打谷场的田间小路上，如果你从城里赶过来，如果新闻简报已经开始，赶夜路的人的脚步会变得焦灼而恐慌。打谷场上发亮的银幕对于他们好像是天堂的一扇窗，它打开了，一个原先是空虚的无所事事的夜晚便被彻底地充实了。

农用拖拉机、打谷机和一堆堆草垛被人湮没了。附近乡村的农民大多坐在前排，他们从家里搬来了长凳和小板凳，这样的夜晚他们很难得地成为了特权阶层。更多的是一些像我们这样来历不明的孩子和青年人，他们在人群里站着，或者在一片骂声中挤到前排，在一个本来就拥挤的空间里席地而坐，对来自身边的推搡和埋怨置之不理。银幕的反面也有人坐着，那些人显得孤傲一些，为了不与他人拥挤和争吵，情愿欣赏一部"左撇子"电影。电影开始了，打谷场上的嘈杂声渐渐地消失，人们熟悉的李向阳挎着盒子枪来了，梳直发的让年轻姑娘群起效仿的女游击队党代表柯湘来了，油头粉面的叛徒王连举来了，阴险狡诈的日本鬼子松井大队长也来了，孩子们在他们出场之前就报道了他们的消息，大人让他们的孩子闭嘴，实际上这是一次人群与电影人物老友重逢的欢聚。打谷场上的人们凭借经验等待着那些朋友的到访，不管是英雄还是坏人，他们一视同仁，热情地报出你的名字。如果正是冬季，西北风会搞些恶作剧，那些出现在电影里的人，男的，女的，他们的嘴脸都随风歪斜着，不仅是坏人，好人或者英雄也被讨厌的大风吹歪了嘴脸。我记得在一个大风之夜，美丽的女英雄柯湘始终歪着嘴巴高唱着《乱云飞》。

打谷场上的欢乐随着银幕上出现一个"完"字而收场，然后是一片混乱。有的妇女这时候突然发现自己的孩子不见了，于是尖声叫喊着孩子的名字，也有血气方刚的小伙子突然扭打在一起，引得众人纷纷躲避，一问原因，说是在刚才看电影时结了怨，谁的脑袋挡着谁的眼睛，谁也不肯让一让，这会儿是秋后算账了。我那会儿年龄还小，跟着邻居家的大孩子来到一个个陌生的打谷场，等到电影散场时却总是找不到他们的人影了，因此关于露天电影的记忆也少不了那些令人恐惧的夜路。

我记得那些独自回家的夜晚，随着人流向

田间小路走,渐渐地同行的人都折向了其他的村庄,只有我一个人走在漆黑的环城公路上。乡间的空气与工厂区完全是两种气息,干草的清香和农家肥的气味混杂在一起,扑进你的鼻孔。露天电影已经离你远去,这时候你才意识到回家的路是那么漫长,不安分的孩子开始为一部看过多次的电影付出了代价。代价是五里甚至十里夜路。没有灯光,只有萤火虫在田野深处盲目地飞行着,留下一些无用的光线。有几次我独自经过了郊外最大的坟地,亲眼看到了人们所说的鬼火(现在才知道是骨殖中磷的元素在搞鬼),而坟地特有的杂树乱草加深了我的恐惧。我摆脱恐惧的方法就是不向恐惧的事物张望,我向公路的另一边侧着脸,侧着脸狂奔,听见风呼呼地划过我的脸颊,所见坟地向身后渐渐地退去。当城郊接合部稠密的房屋像山岭一样出现在我的视线里时,我觉得那些有灯光的窗口就像打谷场上的银幕,成为我新的依靠。我急切地奔向我家的窗口,就像两个小时以前奔向打谷场的那块银幕一样。

# 金鱼热

一个东南亚的国王到我们那个城市去游览了三天,走的时候带走了一缸金鱼中的极品,这是二十世纪七十年代的事。我在街头听人议论这个国王,还有那些金鱼。我没有记住那些金鱼的名称,但是我记得很清楚的是,赠送金鱼给国王的是一个普通的农民,有人认识他,说他人很笨,就是养鱼养出了名堂。大家议论的不仅是国王和金鱼，还有那个市民的光荣。

金鱼热随后悄悄地在我们城市兴起。

我突然发现城市里有那么多人养金鱼，我却一条也没有，这使我闷闷不乐。那是一个容易失去却难以拥有的年代，没有地方出售金鱼，就像没有地方出售鲜花一样。我总是在一个邻居家的鱼池边用攫取的目光亲近那些美丽的鱼类，无法拥有渴望的东西是孩子们最大的心事，连我的家人也渐渐知道了我心事。我姐姐一定不止一次地告诉别人：我弟弟一直想要几条金鱼！我母亲则告诉她工厂的同事：我儿子想要金鱼想疯了！

我头一次得到金鱼的狂喜只持续了短短的五天。是我姐姐带回了那四条品相优美的五彩珍珠。我记得那四条金鱼红色脊背上洒满白色的斑点，有邻居孩子告诉我，五彩珍珠是很好的品种。我记得那四条红色的脊背上洒满银色斑点的金鱼，记得这些金鱼带给我的五天的喜悦。那五天里我出没在养鱼人出没的水塘和护城河边，我拼命打捞鱼虫，为金鱼囤积食粮，我不知道我的金鱼饱食过度濒临死亡的边缘。

我一直记得我拥有"五彩珍珠"的准确时间,是短短的五天。第五天下午我放学回家,看见的是四条翻了肚子的金鱼。我至今羞于提及我当时的表现,在一场惊天动地的痛哭声中,我忘了追寻金鱼的死因。我从未见过死去的金鱼,死去的金鱼是如此丑陋,从美丽到丑陋,仿佛是一个狡诈的骗局。我觉得自己受到了嘲弄,不仅失去,同时也受到了伤害。我的痛哭一定使我父母感到震惊了,我记得我母亲一反平时不许诺的习惯,告诉我一定帮我找到新的金鱼。

后来我母亲就把那条歪尾巴的小金鱼带回了家,它当时混在几条稍大的被人们称为"丹玉"的金鱼中,显得那么卑琐而低贱。所有的金鱼都还没有变色,而"歪尾巴"只有半指大小,黑乎乎的,甚至看不出它是什么品种。它太特殊了,尤其是那条歪尾巴,它与金鱼之美背道而驰,我以一种嫌厌的心情给它取了这个名字:歪尾巴。

我的养鱼生涯到了后来是三心二意的,不

是因为金鱼不再可爱，而是因为随着青春期的到来，我有了其他更大的心事。金鱼热在城市里渐渐退潮，我的那批"丹玉"在几个月中纷纷离我而去。可是我注意到"歪尾巴"的生命力，它在我的鱼缸里越来越显示出一种主人翁的姿态，在孤独和饥饿中成长着，身子悄然泛出了红色，而它额头上方越长越大的眼睛正用矜持的态度告诉我，我不是歪尾巴，我是一条"朝天龙"！

我要说的就是这条歪尾巴的"朝天龙"。在所有美丽的金鱼逃离我的鱼缸后，在我对金鱼渐渐地失去兴趣之后，它一直伴随了我四年时光。四年之后我已经远离家乡，在北京的学府里寒窗苦读，那些日子里我从来没有想过我的歪尾巴金鱼。有一天我收到我姐姐的来信，信中提到了我的最后一条金鱼，说歪尾巴死了。她总结的歪尾巴的死因是一把梳子，她梳头时不小心将梳子掉进了鱼缸，梳子与金鱼一起待了一会儿，梳子没事，金鱼却死了。

我承认是歪尾巴金鱼的死让我重新回顾了我

短暂的养鱼生涯。我最终对这些小生命充满了歉意，一切都是命定的，就像我对金鱼的饲养注定不能修得正果，我不能将极品金鱼奉献给任何国王，我的歪尾巴金鱼甚至不能奉献给我自己。这是一条世界上最倔强的金鱼，它最终背叛了应该背叛的人，将自己奉献给了一把梳子。

## 女裁缝

这个女裁缝有点奇怪,她是专业上门为别人做衣服的,主业是做传统的中式棉袄、棉袄罩衫,副业兼做老人的寿衣。我母亲曾把她请到我家做衣服,做我父亲的中式驼绒棉袄,也做我外婆的寿衣。女裁缝当时六十多岁,头发已经斑白,梳一个油亮亮的一丝不苟的发髻,穿一种我们称之为大襟衣裳的黑袄,胸襟上别着一朵白兰花。她每天早晨挎着一只篮子来工作，我父亲卸了一扇房门做她的工作台。她坐在那里一针一线地缝纫，戴一副老花眼镜，微微张开嘴，似乎配合穿针引线的节奏。我注意到她的门牙是空的，怪不得她说话时漏风，听上去特别响亮却又特别容易引起歧义。她不是那种饶舌的老妇人，尤其工作时候很少说话，但她喜欢哼一哼小曲什么的。这个女裁缝自恃手艺高超，对伙食的要求也很高，天天要求有肉吃，这样的要求倒是成全我的口福，她在我们家干活的那几天，我也跟着吃了好几天的红烧肉。有一次我注意到她垫在篮子底部的一本发黄的画报，抽出来一看，竟然是一本二十世纪三十年代的电影画报，上面有许多陌生的矫揉造作的女明星。这本画报一看就是稀罕物，我向她索要，她把画报拿过来抖了几下，没有抖出什么有用的东西，便很大度地说：拿去好了。

虽然那个女裁缝给我留下了意外的礼物，我母亲对她却没有好感，因为最后结算工钱的时候，算出一个五角钱来，女裁缝坚决不肯放弃那五角钱，让人觉得她冷酷而不近人情。

女裁缝家在昆山，不知为什么会跑到我们那里去，在什么地方租了一间房子。她经常出现在我们那条街道上，有几次我上学时看见她像个孩子似的端坐在化工厂门口，让另一个老妇人为她梳头，梳那个毫无必要的一丝不苟的髻子。她的篮子就放在长凳下面，里面是一个针线盒、一把剪刀、一把尺子，估计那是她没有针线可做的空闲的日子。

第二年女裁缝租了我们一个邻居的房子，这样也就成为了我们的邻居。每年寒暑假的时候，会有两个操昆山话的小孩来到那间出租屋里，也不跟街上的孩子玩，姐姐和弟弟关在屋里又打又闹。一个面目清癯文质彬彬的老人手拿一张报纸，看管着两个孩子，据说两个孩子是女裁缝的孙子孙女，老头是她的丈夫。女裁缝的生活因此引起我们广泛的兴趣，这把年纪的老人，老夫老妻天各一方的，是什么意思呢？有人这么去问女裁缝，女裁缝挥挥手说，烦死人了，我不要跟他们一起过，过两天我就把他们全赶走！

事实上我们不知道女裁缝对亲人们的厌倦是否真切，但假期一过，女裁缝的丈夫和孙子孙女便回了昆山，剩下这个女裁缝挎着篮子又开始在我们街上游荡。也许是因为年龄偏大老眼昏花的关系，不知从哪一年开始，也不知是哪个精明的主妇发现了，女裁缝的缝纫手艺严重退化，她做的棉袄袖子会一长一短，便有妇女在她身后议论说，做的什么活，以后再也不请她了！

后来好像是没有什么人请女裁缝去家里做活了，女裁缝的身体也大不如从前，有一次我看见她出门去老虎灶打开水，步履蹒跚，一副风烛残年的样子。而且她的脑门上还一左一右地贴着两张红纸膏药，她打量我们街道行人的表情充满厌恶感，殊不知她自己那副模样看上去也令我们厌恶。

那年春节前夕，昆山来了人，是一个戴眼镜的中年男人和一个女干部模样的中年女人，原来是女裁缝的儿子媳妇。他们绷着个脸,把病歪歪的女裁缝和一个大蓝印花包裹塞到了一辆黄鱼车上,然后女裁缝就离开了我们那条街道,向火车站方向去了。我们看见女裁缝整个脸包在一块围巾里,只露出一双眼睛,那双眼睛不知为什么充满了愤恨,那样的眼神不知是针对她的儿子媳妇还是针对我们这些围观者的,她甚至不向人们道声再见。

人去屋空,小孩子们好奇地闯进女裁缝租住的屋子一看,看见阴暗潮湿的屋里垃圾成堆,毛主席的画像被烟气熏成了黄黑色,床底下则是满地的新近烧过的纸钱,眼尖的孩子在墙角处发现了一只紫铜香炉,发现了蜡烛台,还有两截市面上少见的红色蜡烛,你能猜到这个古怪的老妇人昨天干了什么,她在烧香,她在拜佛,她在大搞封建迷信呢!面对这样的"现场",孩子们群情激愤,都觉得这是一件非常严重的事情,批斗她是可以的,拿她游街也未尝不可,只可惜女裁缝走运,她逃之夭夭了。

关于这个女裁缝的身世,我一直觉得有什么故事可挖,这个老妇人最后的眼神令我浮想联翩。仇恨是神秘的。有一次我曾经向母亲问起过女裁缝的事情,我母亲说,她的嘴紧,从来不说自己家的事情。但是我母亲又肯定地说,他们工厂有个昆山人认识那个女裁缝,她以前是庵堂里的尼姑!

我至今不能相信,在循规蹈矩的七十年代,在我所见过的特立独行的人中间,竟然有这么个苍老的女裁缝。说起来也怪,每当那个女裁缝的面容出现在记忆中,我总是想到二十年前暮色中的街道,有个挎篮子的老妇人在遍地夕照中独自回家,而且我总是毫无来由地想起毛主席诗词中的两句:苍山如海,残阳如血。

# 关于冬天

厄尔尼诺现象确实存在，一个最明显的例证是现在的冬天不如从前的冷了，前几年的冬天那么马虎地蜻蜓点水似的就过去了，让人不知是喜是忧。冬季里我仍然负责在中午时分送女儿去学校，偶尔会看见地上水洼里的冰将融未融，薄薄的一层，看上去很脆弱，不像冰，倒像是一张塑料纸。我问我女儿早晨妈妈送她的时候冰是否厚一些，我女儿却没什么印象，事实上她长这么大，从来没见过地上长出来的冰，那种厚厚的结结实实的冰。

北方人在冬天初次来到江南，几乎每个人都用上当受骗的眼神瞪着你，说：怎么这么冷？你们这儿，怎么会这么冷？人们对江南冬季的错觉不知从何而来，正如我当年北上求学时家里人都担心我能否经受北方的严寒，结果我在十一月的一天，发现北师大校园内连宿舍厕所的暖气片也在嗞嗞作响，这使我对严冬的恐惧烟消云散。

记忆中冬天总是很冷。西北风接连三天在窗外呼啸不止，冬天中最寒冷的部分来临了。母亲把一家六口人的棉衣从樟木箱里取出来，六个人的棉衣、棉鞋、帽子、围巾，不管你愿意不愿意，我们必须穿上散发着樟木味道的冬衣；不管你愿意不愿意，你必须走到大街上去迎接冬天的到来。

冬天来了，街道两旁的人家关上在另外三个季节敞开的木门，一条本来没有秘密的街道不得已中露出了神秘的面目。室内和室外其实是一样冷的，闲来无事的人都在空地上晒太阳。这说的是出太阳的天气，但冬天的许多日子其实是阴天，空气潮湿，天空是铅灰色的，一切似乎都在酝酿着关于寒冷的更大的阴谋，而有线广播的天气预报一次次印证这种阴谋。广播员不知躲在什么地方用一种心安理得的语气告诉大家，西伯利亚的强冷空气正在南下，明天到达江南地区。

冬天的街道很干净，地上几乎不见瓜皮果壳之类的垃圾，而且空气中工业废气的气味也被大风刮到了很远的地方，因此我觉得张开鼻孔能闻见冬天自己的气味。冬天气味或许算不上一种气味，它清冽纯净，有时给鼻腔带来酸涩的刺激。街上麻石路面的坑坑洼洼处结了厚厚的冰，尤其是在雪后的日子，人们为了对付路上的冰雪花样百出，有人喜欢在胶鞋的鞋底上绑一道草绳来防滑，而孩子们利用路上的冰雪为自己寻找着乐子，他们穿着棉鞋滑过结冰的路面，以为那就是滑冰。江南有谚语道，下雨下雪狗欢喜。也不知道那有什么根据，我们街上很少有人家养狗，看不出狗在雨雪天里有什么特殊表现。我始终觉得这谚语用在孩子们身上更适合，孩子们在冬天的心情是苦闷的寂寞的，但一场大雪往往突然改变了冬天乏味难熬的本质。大雪过后孩子们冲出家门冲出学校，就像摇滚歌星崔健在歌中唱的，他们要在雪地里撒点野，为自己制造一个捡来的节日。江南的雪让人想到计划生育，它很有节制，每年来那么一场两场，让大人们皱一皱眉头，也让孩子们不至于对冬天恨之入骨。我最初对雪的记忆不是堆雪人，也不是打雪仗，说起来有点无聊，我把一大捧雪用手捏紧了，捏成一个冰坨坨，把它放在一个破茶缸里保存，我脑子里有一个模糊的念头，要把那块冰保存到春天，让它成为一个绝无仅有的宝贝。结果可以想见，几天后我把茶缸从煤球堆里找出来，看见茶缸里空无一物，甚至融化的冰水也没有留下，因为它们已经从茶缸的破洞处渗到煤堆里去了。

融雪的天气是令人厌恶的,太阳高照着,但整个世界都是湿漉漉的,屋檐上的冰凌总是不慌不忙地向街面上滴着水。路上黑白分明,满地污水悄悄地向窨井里流去,而残存的白雪还在负隅顽抗,街道上就像战争刚刚过去,一片狼藉。讨厌的还有那些过分勤快的家庭主妇,天气刚刚放晴她们就急忙把衣服、被单、尿布之类的东西晾出来,一条白色的街道就这样被弄得乱七八糟。

冬季混迹于大雪的前后,或者就在大雪中来临,江南民谚说邋遢冬至干净年,说的是情愿牺牲一个冬至,也要一个干净的无雨无雪的春节。人们的要求常常被天公满足,我记得冬至的街道总是一片泥泞的,江南人把冬至当成一个节日,家家户户要喝点东洋酒,吃点羊羹,也不知道出处何在。有一次我提着酒瓶去杂货店打东洋酒,闻着酒实在是香,就在路上偷偷喝了几口,回到家里面红耳赤的,棉衣后背上则溅满了星星点点的污泥,被母亲狠狠地训斥了一通。现在我不记得母亲是骂我嘴里的酒气还是骂我不该将新换上的棉衣弄那么脏,反正我觉得冤枉,自己钻到房间里坐在床上,不知不觉中酒劲上来,竟然趴在床上睡着了。

人人都说江南好,但没有人说江南的冬天好。我这人对季节气温的感受总是很平庸,异想天开地期望有一天我这里的气候也像云南的昆明,四季如春。我不喜欢冬天,但当我想起从前的某个冬天,缩着脖子走在上学的路上,突然听见我们街上的那家茶馆里传来丝弦之声,我走过去看见窗玻璃后面热气腾腾,一群老年男人坐在油腻的茶桌后面,各捧一杯热茶,轻轻松松地听着一男一女的评弹档说书,看上去一点也不冷。我当时就想,这帮老家伙,他们倒是自得其乐。现在我仍然记得这个冬天里的温暖场景,我想要是这么着过冬,冬天就有点意思了。

# 夏天的一条街道

街上水果店的柜台是比较特别的,它们做成一个斜面,用木条隔成几个大小相同的框子,一些瘦小的桃子、一些青绿色的酸苹果躺在里面,就像躺在荒凉的山坡上。水果店的女店员是一个和善的长相清秀的年轻姑娘,她总是安静地守着她的岗位,但是谁会因为她人好就跑到水果店去买那些难以入口的水果呢?人们因此习惯性地忽略了水果在夏季里的意义,他们经过寂寞的水果店和寂寞的女店员,去的是桥边的糖果店。糖果店的三个中年妇女一年四季在柜台后面吵吵嚷嚷的,对人的态度也很蛮横,其中一个妇女的眉角上有一个难看的刀疤,孩子走进去时她用沙哑的声音问你:买什么?那个刀疤就也张大了嘴问你:买什么?但即使这样,糖果店在夏天仍然是孩子们热爱的地方。

糖果店的冷饮柜已经使用多年,每到夏季它就发出隆隆的欢叫声。一块黑板放在冷饮柜上,上面写着冷饮品种:赤豆棒冰四分,奶油棒冰五分,冰砖一角,汽水(不连瓶)八分。女店员在夏季一次次怒气冲冲地打开冷饮机的盖子,掀掉一块棉垫子,孩子就伸出脑袋去看棉垫子下面排放得整整齐齐的冷饮。也会看见赤豆棒冰已经寥寥无几,奶油棒冰和冰砖却剩下很多,它们令人艳羡地躲避着炎热,待在冷冷的雾气里。孩子也能理解这种现象,并不是奶油棒冰和冰砖不受欢迎,主要是它们的价格贵了几分钱。孩子小心地揭开棒冰纸的一角，看棒冰的赤豆是否很多，挨了女店员一通训斥，她说：看什么看？都是机器做出来的，谁还存心欺负你？一天到晚就知道吃棒冰，吃棒冰，吃得肚子都结冰！

孩子嘴里吮着一根棒冰，手里拿着一个饭盒，在炎热的午后的街道上拼命奔跑。饭盒里的棒冰哐哐地撞击着，毒辣的阳光威胁着棒冰脆弱的生命，所以孩子知道要尽快地跑回家，好让家里人享受到一种完整的冰冷的快乐。

最炎热的日子里，整个街道的麻石路面蒸腾着热气。人在街上走，感觉到塑料凉鞋下面的路快要燃烧了，手碰到路边的房屋墙壁，墙也是热的。人在街上走，怀疑世上的人们都被热晕了，灼热的空气中有一种类似喘息的声音，若有若无的，飘荡在耳边。饶舌的、嗓音洪亮的、无事生非的居民们都闭上了嘴巴，他们躺在竹躺椅上与炎热斗争，因为炎热而忘了文明礼貌，一味地追求通风。他们四仰八叉地躺在面向大街的门边，张着大嘴巴打着时断时续的呼噜，手里的扇子掉在地上也不知道，田径裤的裤腿那么肥大，暴露了男人的机密也不知道。有线广播一如既往地开着，说评弹的艺人字正腔圆，又说到了武松醉打蒋门神的精彩部分，可他们仍然呼呼地睡，把人家的好心当了驴肝肺。

下午三点钟，阳光发生了可喜的变化，阳光从全线出击变为区域防守，街上的房屋乘机利用自己的高度制造了一条"三八线"。"三八线"渐渐地游移，线的一侧是热和光明，另一侧是凉快和幽暗，行人都非常势利地走在幽暗的阴凉处。这使人想起正在电影院里上映的朝鲜电影《金姬和银姬的命运》，那些人为银姬在"三八线"那侧的悲惨命运哭得涕泗横流，可在夏天他们却选择没有阳光的路线，情愿躲在银姬的黑暗中。

太阳落山在夏季是那么艰难，但它毕竟是要落山的。放暑假的孩子关注太阳的动静，只是为了不失时机地早早跳到护城河里，享受夏季赐予的最大的快乐。黄昏时分驶过河面的各类船只小心谨慎，因为在这种时候整个城市的码头、房顶、窗户和门洞里，都有可能有个男孩大叫一声，纵身跳进河水中。他们甚至于要小心河面上漂浮的那些西瓜皮，因为有的西瓜皮是在河中游泳的孩子的泳帽，那些讨厌的孩子，他们头顶着半个西瓜皮，去抓来往船只的锚链。他们玩水还很爱惜力气，他们要求船家把他们带到河的上游或者下游去。于是站在石埠上洗涮的母亲看到了她们最担心的情景：她们的孩子手抓船锚，跟着驳船在河面上乘风破浪，一会儿就看不见了，母亲们喊破了嗓子，又有什么用？

夜晚来临，人们把街道当成了露天的食堂，许多人家把晚餐的桌子搬到了街边，大人孩子坐在街上，嘴里塞满了食物，看着晚归的人们骑着自行车从自己身边经过。你当街吃饭，必然便宜了一些好管闲事的老妇人，有一些老妇人最喜欢观察别人家今天吃了什么。老妇人手摇一把葵扇，在街上的饭桌间走走停停，她觉得每一张饭桌都生意盎然。吃点什么啊？她问。主妇就说，没有什么好吃的,咸鱼,炒萝卜干。老妇人就说,还没有什么好吃的呢,咸鱼不好吃?

天色渐渐地黑了,街上的居民们几乎都在街上。有的人家切开了西瓜,一家人的脑袋围拢在一只破脸盆上方,大家有秩序地向脸盆里吐出瓜子。有的人家的饭桌迟迟不撤,因为孩子还没回来;后来孩子就回来了,身上湿漉漉的。恼怒的父亲问儿子:去哪儿了?孩子不耐烦地说:游泳啊,你不是知道的吗?父亲就瞪着儿子处在发育中的身体,说:吊船吊到哪儿去了?儿子说:里口。父亲的眼珠子愤怒得快暴出来了:让你不要吊船你又吊船,你找死啊?就这样当父亲的在街上赏了儿子一记响亮的耳光,左右邻居自然地围过来了。一些声音很愤怒,一些声音不知所云,一些声音语重心长,一些声音带着哀怨的哭腔,它们不可避免地交织起来,喧嚣起来,即使很远的地方也能听见这样丰富浑厚的声音。于是有人向这边匆匆跑来,有人手里还端着饭碗,他们这样跑着,炎热的夏季便在夜晚找到了它的生机。

## 城北的桥

苏州城自古有六城门之说,城市北端的齐门据说不在此范围之中,但我却是齐门人氏,准确地说我应该是苏州齐门外人氏。

我从小生长的那条街道在齐门吊桥以北,从吊桥上下来,沿着一条狭窄的房屋密集的街道朝北走,会走过我的家门口。再走下去一里地,城市突然消失,你会看见郊区的乡野景色,菜地、稻田、草垛、池塘和池塘里农民放养的鸭群,所以我从小生长的地方其实是城市的边缘。

即使是城市的边缘,齐门外的这条街道依然是十足的南方风味,多年来我体验这条街道也就体验到了南方,我回忆这条街道也就回忆了南方。

齐门的吊桥从前真的是一座可以悬吊的木桥,它曾经是古人用于战争防御的设施。请设想一下,假如围绕苏州城的所有吊桥在深夜一起悬吊起来,护城河就真正地把这个城市与外界隔绝开来,也就把所有生活在城门以外的苏州人隔绝开来了。所幸我没有生活在那个年代,事实上在我很小的时候齐门吊桥已经改建成一座中等规模的水泥大桥了。

但是齐门附近的居民多年来仍然习惯把护城河上的水泥桥叫作吊桥。

从吊桥上下来,沿着一条碎石铺成的街道朝北走,你还会看见另外两座桥,首先看见的当然是南马路桥,再走下去就可以看见北马路桥了。

关于两座桥的名称是我沿用了齐门外人们的普通说法，我不知道它们是否有更文雅更正规的名称，但我只想一如既往地谈论这两座桥。

两座桥都是南方常见的石拱桥，横卧于同一条河汊上，多年来它们像一对姐妹遥遥相望。它们确实像一对姐妹，都是单孔桥，桥孔下可容两船共渡，桥堍两侧都有伸向河水的石阶，河边人家常常在那些石阶上洗衣浣纱，桥堍下的石阶也是街上男孩们戏水玩耍的去处。站在那儿将头伸向桥孔内壁观望，可以发现一块石碑上刻着建桥的时间，我记得北马路桥下的石碑刻的是清代道光年间，南马路桥的历史也许与其相仿吧。它们本来就是一对形神相随的姐妹桥。

人站在南马路桥上遥望北马路桥却是困难的，因为你的视线恰恰被横卧两桥之间的另一座庞然大物所阻隔。那是一座钢灰色的直线形铁路桥，著名的京沪铁路穿越苏州城北端，穿越齐门外的这条街道和傍街而流的河汊，于是出现了这座铁路桥，于是我所描述的两座桥就被割开了。

我想那应该是六十年以前的事了，也许修建铁路桥的是西方的洋人，也许那座直线形的钢铁大桥使人们感到陌生或崇拜，直到现在我们那条街上的人们仍然把那座铁路桥称作洋桥，或者就称铁路洋桥。

铁路洋桥横亘在齐门外的这条街道上，齐门外的人们几乎每天都从铁路洋桥下面来来往往，火车经常从你的头顶轰鸣而过，溅下水汽、煤屑和莫名其妙的瓜皮果壳。

被阻隔的两座石拱桥依然在河上遥遥相望，现在让我来继续描述这两座古老的桥吧。

南马路桥的西侧被称为下塘，下塘的居民房屋夹着一条更狭窄的小街，它与南马路桥形成丁字走向。下塘没有店铺，所以下塘的居民每天都要走过南马路桥，到桥这侧的街上买菜办货。下塘的居民习惯把桥这侧的街道称为街，似乎他家门口的街就不是街了。下塘的妇女在南马路桥相遇打招呼时，一个会说：街上有新鲜猪肉吗？另一个则会说：街上什么也没有了。

南马路桥的东侧也就是齐门外的这条街了，桥堍周围有一家糖果店、一家煤球店、一家肉店，还有一家老字号的药铺，有一个类似集市的蔬菜市场。每天早晨和黄昏，近郊的菜农挑来新摘的蔬菜沿街一字摆开，这种时候桥边很热闹，也往往造成道路堵塞，使一些急于行路的骑车人心情烦躁而怨言相加。假如你有心想听听苏州人怎么斗嘴吵架，桥边的集市是一个很好的地点。而且南马路桥附近的妇女相比北马路桥的妇女似乎刁蛮泼辣了许多，这个现象无从解释。在我的印象中，南马路桥那里是一个嘈杂的惹是生非的地方。

也许我家离北马路桥更近一些，我也就更喜欢这座北马路桥。我所就读的中学就在北马路桥斜对面不远的地方。每天都要从桥下走过，有时候去母亲的工厂吃午饭或者洗澡，就要背着书包爬过桥，数一数台阶，一共十一级，当然总是十一级。爬过桥就是那条洁净而短促的横街了，横街与北马路桥相向而行，与齐门外的大街却是垂着的或者说是横着的,所以它就叫横街。我不知道为什么从小就喜欢这条横街,或许是因为它街面洁净房屋整齐,或许因为我母亲每天都从这里走过去工厂上班,或许只是因为横街与齐门外的这条大街相反而成,它真的是一条横着的街。

北马路桥边是一家茶馆,两层的木楼,三面长窗中一面对着河水,一面对着桥,一面对着大街。记忆中茶馆里总是一片湿润的水汽和甘甜的芳香,茶客多为街上和附近郊区的老人,围坐在一张张破旧的长桌前,五六个人共喝一壶绿茶,谈天说地或者无言而坐,偶尔有人在里面唱一些弹词开篇,大概是几个评弹的票友。茶馆烧水用的是老虎灶,灶前堆满了砻糠。烧水的老女人是我母亲的熟人,我母亲告诉我她就是茶馆从前的老板娘,现在不是了,现在茶馆是公家的了。

北马路桥边的茶馆被许多人认为是南方典型的风景,曾经有几家电影厂在这里摄下这种风景,但是摄影师也许不知道桥边茶馆已经不复存在了,前年的一场大火把茶馆烧成一片废墟。那是炎夏七月之夜，齐门外的许多居民都在河的两岸目睹了这场大火，据说火因是老虎灶里的砻糠灰没有熄灭，而且渗到了灶外。人们赶来只能眼睁睁地看着大火烧掉桥边茶馆，当然，茶馆旁边的桥却完好无损。

现在你从北马路桥上走下去，桥堍左侧的空地就是茶馆遗址，现在那里变成了一些商贩卖鱼卖水果的地方。

苏州城北是一个很小的地域，城北的齐门外的大街则是一个弹丸之地，但是我想告诉人们那里竟然有四座桥。按照齐门外人氏的说法，从南至北数去，它们依次为吊桥、南马路桥、铁路洋桥、北马路桥，冷静地想这些名字既普通又有点奇怪，是吗？

我之所以简略了对铁路洋桥的描述，是因为它在我童年的记忆中充满了血腥和死亡的气息。我在铁路洋桥看见过七八名死者的尸体，而在吊桥上，在南马路桥和北马路桥上，我从来没看见过死者。

# 船

到常熟去的客船每天早晨经过我家窗外的河道,是轮船公司的船,所以船只用蓝色和白色的油漆分成两个部分,客舱的白色和船体的蓝色泾渭分明,使那条船显得气宇轩昂。每天从河道里经过无数的船,我最喜欢的就是去常熟的客船。我曾经在美术本上画过那艘轮船,美术老师看见那份美术作业,很吃惊,说,没想到你画船能画得这么好。

孩提时代的一切都是易于解释的,孩子们的涂鸦往往在无意中表露了他的挚爱,而我对船舶的喜爱甚至一直延续到了今天。

我记忆中的苏州内河水道是洁净而明亮的,六七十年代经济迟滞不动,我家乡的河水却每天都在流动,流动的河水中经过了无数驶向常熟、太仓或昆山的船。最常见的是运货的驳船队,七八条驳船拴接在一起,被一条火轮牵引着,突突地向前行驶。我能清晰地看见火轮上正在下棋的两个工人,看见后面的驳船上的一对对夫妇和他们的孩子。让我关注的就是驳船上的那一个个家,一个个年龄与我相仿的孩子,这种处于漂浮和行进中的生活在我眼里是一种神秘的诱惑。

我热衷于对船的观察或许隐藏了一个难以表露的动机,这与母亲的一句随意的玩笑有关。我不记得那时候我有多大,也不知道母亲是在何种情况下说了这句话,她说:你不是我生的,你是从船上抱来的。这是母亲们与子女间常开的漫无目的的玩笑，当你长大成人后你知道那是玩笑，母亲只是想在玩笑之后看看你的惊恐的表情，但我当时还小，我还不能分辨这种复杂的玩笑。我因此记住了我的另一种来历，尽管那只是一种可能。我也许是船上人家的孩子，我真正的家也许是在船上！

我不能告诉别人我对船的兴趣有自我探险的成分，有时候我伏在临河的窗前，目送一条条船从我眼前经过，我很注意看船户们的脸，心里想，会不会是这家呢？怀着隐秘打量世界总是很痛苦的。在河道相对清静的时候，我常常看见一条在河里捞砖头的小船，船上是母女俩，那个母亲出奇地瘦小，一条腿是残疾的，她的女儿虽然健壮高挑，但脸上布满了雀斑，模样很难看。这种时候我几乎感到一种恐怖，心想，我万一是这家人的孩子怎么办？也是在这种时候我才安慰自己：这是不可能的事，这是胡思乱想，有关我与船的事情都是骗人的谎话。

我上小学时一个真正的船户的孩子来到了

隔壁我舅舅家。我舅舅家只有女孩没有男孩，那男孩的父母就通过几道人情关系把儿子送到了我舅舅家。是一个老实而显得木讷的男孩，脖子上戴着船户子弟戴的银项圈。我对那男孩的船户背景有一种狂热的兴趣，我一边嘲笑他脖子上的项圈，一边还向他提出各种问题，问他为什么不待在船上，跟他父母在一起，我问他难道在船上不如在我舅舅家好玩吗？那个男孩只是回答我，他要在街上上学。他不愿意跟我谈话，似乎也不愿意跟我做朋友，这使我觉得有点颓丧。有一天我听见窗外的河道响起一片嘈杂声，跑出去一看，一条大木船向我舅舅家的石埠前慢慢靠拢，船上的那对夫妇忙着要靠岸，而一个小男孩站在船头拼命地向岸上挥手，嘴里大叫着：哥哥，哥哥，哥哥！我随后就看见我舅妈拉着那男孩站在石埠上，我知道这就是那男孩家的船，船上的男女是他的父母，那个大叫大嚷的小男孩是他的弟弟。我几乎是怀着一种嫉妒的心情看着眼前这一幕，但我发现那男孩一点也不高兴，他仍然哭丧着个脸，面对着满脸喜色的家人。我觉得他不知好歹，他母亲眉眼周正，他父亲英俊魁梧，他的家在一条船上，可他还哭丧着个脸！

那船户的儿子在我舅舅家住了一个学期后就被他祖父接走了。奇怪的是他一走我对自己身世的想象也停止了，或许是我长大了，或者是一个真实的船户的儿子清洗了我内心对船的幻想。至此船在河道上行驶时我成了一个旁观者，我仍然对船展开着与年龄有关的想象，但那几乎是一种对航行和漂泊的想象了。在寂静的深夜或者清晨，我有时候被窗外的橹声惊醒，有的船户是喜欢大声说话的，一个大声地问：船到哪里去？另一个会大声地答：到常熟去。我就在被窝里想，常熟太近了，你们的船要是能进入长江，一直驶到南京、武汉，一直驶到山城重庆就好了。

我初中毕业报考过南京的海员学校，没有考上，这就注定了我与船舶和航行无缘的命运。我现在彻底相信我与船并没有什么特殊的关系，在我唯一的一次海上旅途中我像那些恐惧航行的人一样大吐不止,但我仍然坚信船舶是世界上最抒情最美好的交通工具。假如我仍然住在临河的房屋里,假如我有个儿子,我会像我母亲一样向他重复同样的谎言:你是从船上抱来的,你的家在一条船上。

关于船的谎言也是美好的。

# 过去随谈

说到过去,回忆中首先浮现的还是苏州城北的那条百年老街。一条长长的灰石路面,炎夏七月似乎是淡淡的铁锈红色,冰天雪地的腊月里却呈现出一种青灰的色调。从街的南端走到北端大约要花费十分钟,街的南端有一座桥,以前是南方城池所特有的吊桥,后来就改建成水泥桥了。北端也是一座桥,连接了苏沪公路,街的中间则是我们所说的铁路洋桥。铁路桥凌空跨过狭窄的城北小街，每天有南来北往的火车呼啸而过。

我们街上的房屋、店铺、学校和工厂就挤在这三座桥之间，街上的人也在这三座桥之间走来走去，把时光年复一年地走掉了。

现在我看见一个男孩背着书包滚着铁箍在街上走过，当他穿过铁路桥的桥洞时恰恰有火车从头顶上轰隆隆地驶过，从铁轨的缝隙中落下火车头喷溅的水汽，而且有一只苹果核被人从车窗里扔到了他的脚下。那个男孩也许是我，也许是大我两岁的哥哥，也许是我的某个邻居家的男孩。但是不管怎么说，那是我童年生活的一个场景。

我从来不敢夸耀童年的幸福，事实上我的童年有点孤独，有点心事重重。我父母除了拥有四个孩子之外基本上一无所有。父亲在市里的一个机关上班，每天骑着一辆破旧的自行车来去匆匆；母亲在附近的水泥厂当工人，她年轻时曾经美丽的脸到了中年以后经常是浮肿着的，因为疲累过度，也因为身患多种疾病。多少年来父母亲靠八十多元钱的收入支撑一个六口之家，可以想象那样的生活多么艰辛。

我母亲现在已长眠于九泉之下，现在想起她拎着一只篮子去工厂上班的情景仍然历历在目。篮子里有饭盒和布纳鞋底，饭盒里有时装着家里吃剩的饭和蔬菜，有时却只有饭没有别的，而那些鞋底是预备给我们兄弟姐妹做棉鞋的。她心灵手巧却没有时间，必须利用工余休息时纳好所有的鞋底。

在漫长的童年时光里，我不记得童话、糖果、游戏和来自大人的过分的溺爱，我记得的是清苦，记得一盏十五瓦的暗淡的灯泡照耀着我们的家，潮湿的未浇水泥的砖地，简陋的散发着霉味的家具，四个孩子围坐在方桌前吃一锅白菜肉丝汤，两个姐姐把肉丝让给两个弟弟吃，但因为肉丝本来就很少，挑几筷子就没有了。

母亲有一次去酱油铺买盐掉了五元钱，整整一天她都在寻找那五元钱的下落。当她彻底绝望时我听见了她那伤心的哭声,我对母亲说:别哭了,等我长大了挣一百块钱给你。说这话的时候我只有七八岁,我显得早熟而机敏。它抚慰了母亲,但对于我们的生活却是无济于事的。

那时候最喜欢的事情是过年。过年可以放鞭炮、拿压岁钱、穿新衣服,可以吃花生、核桃、鱼、肉、鸡和许多平日吃不到的食物。我的父亲和街上所有的居民一样,喜欢在春节前后让他们的孩子幸福和快乐几天。

当街上的鞭炮屑、糖纸和瓜子壳被最后打扫一空时,我们一年一度的快乐也随之飘散。上学、放学、作业、打玻璃弹子、拍烟壳——因为早熟或者不合群的性格,我很少参与街头孩子的这种游戏。我经常遭遇的是这种晦暗的难挨的黄昏,父母在家里高一声低一声地吵架,姐姐躲在门后啜泣,而我站在屋檐下望着长长的街道和匆匆而过的行人,心怀受伤后的怨恨:为什么左邻右舍都不吵架,为什么偏偏是我家常常吵个不休?

我从小生长的这条街道后来常常出现在我的小说作品中，当然已被虚构成"香椿树街"了。街上的人和事物常常被收录在我的笔下，只是因为童年的记忆非常遥远却又非常清晰，从头拾起令我有一种别梦依稀的感觉。

我初入学堂是在一九六九年秋季，仍然是动荡年代。街上的墙壁到处都是标语和口号，现在读给孩子们听都是荒诞而令人费解的了，但当时每个孩子都对此耳熟能详。我记得我生平第一次写下的完整句子都是从街上看来的，有一句特别抑扬顿挫：革命委员会好！那时候的孩子没有学龄前教育，也没有现在的广告和电视文化的熏陶，但满街的标语口号教会了他们写字认字，再愚笨的孩子也会写"万岁"和"打倒"这两个词组。

小学校是从前的耶稣堂改建的，原先牧师布道的大厅做了学校的礼堂，孩子们常常搬着凳椅排着队在这里开会，名目繁多的批判会或者开学典礼，与昔日此地的宗教仪式已经是南辕北辙了。这间饰有圆窗和彩色玻璃的礼堂以及后面的做了低年级教室的欧式小楼，是整条街上最漂亮的建筑了。

我的启蒙老师姓陈，是一个温和的白发染鬓的女老师，她的微笑和优雅的仪态适宜于做任何孩子的启蒙老师，可惜她年龄偏老，而且患了青光眼，到我上三年级时她就带着女儿回湖南老家了。后来我的学生生涯里有了许多老师，最崇敬的仍然是这位姓陈的女老师，或许因为启蒙对于孩子弥足珍贵，或许只是因为她有那个混乱年代罕见的温和善良的微笑。

读小学二年级的时候，因为一场重病使我休学在家，每天在病榻上喝一碗又一碗的中药，那是折磨人的寂寞时光。当一群小同学在老师的安排下登门慰问病号时，我躲在门后不肯出来，因为疾病和特殊化使我羞于面对他们。我不能去学校上学，我有一种莫名的自卑和失落感，于是我经常梦见我的学校、教室、操场和同学们。

说起我的那些同学们（包括小学和中学的同

学），我们都是一条街上长大的孩子，彼此知道每人的家庭和故事，每人的光荣和耻辱。多少年后我们天各一方，偶尔在故乡街头邂逅，闲聊之中童年往事便轻盈地掠过记忆。我喜欢把他们的故事搬进小说，是一组南方少年的故事。我不知道他们是否会从中发现自己的影子，也许不会发现，因为我知道他们都已娶妻生子，终日为生活忙碌，他们是没有时间和兴趣去读这些故事的。

去年夏天回苏州家里小住，有一天在石桥上碰到中学时代的一个女老师，她看见我第一句话就是：你知道宋老师去世的消息吗？我很吃惊，宋老师是我高中的数学老师和班主任，我记得他的年纪不会超过四十五岁，是一个非常严谨而敬业的老师。女老师对我说：你知道吗，他得了肝癌，都说他是累死的。我不记得我当时说了些什么，只记得那位女老师最后的一番话。她说：这么好的一位老师，你们都把他忘了，他在医院里天天盼着学生去看他，但没有一个学生去看他，他临死前说他很伤心。

在故乡的一座石桥上我受到了近年来最沉重的感情谴责，扪心自问，我确实快把宋老师忘了。这种遗忘似乎符合现代城市人的普遍心态，没有多少人会去想念从前的老师同窗和旧友故交了。人们有意无意之间割断与过去的联系，致力于想象设计自己的未来。对于我来说，过去的人和物事只是我的小说的一部分了。我为此感到怅然，而且我开始怀疑过去是否可以轻易地割断，譬如那个夏日午后，那个女老师在石桥上问我，你知道宋老师去世的消息吗？

说到过去，我总想起在苏州城北度过的童年时光。我还想起十二年前的一天，当我远离苏州去北京求学的途中那份轻松而空旷的心情。我看见车窗外的陌生村庄上空飘荡着一只纸风筝，看见田野和树林里无序而飞的鸟群，风筝或飞鸟，那是人们的过去以及未来的影子。

# 童年的一些事

我们家以前住在一座化工厂的对面,化工厂的大门与我家的门几乎可以说是面面相觑的。我很小的时候因为没事可做,也不知道可以做什么,常常就站在家门口,看化工厂的工人上班,还看他们下班。

化工厂工人的工作服很奇怪,是用黑色的绸质布料做的,袖口和裤脚都被收了起来,裤子有点像习武人喜欢穿的灯笼裤，衣服也有点像灯笼——服？化工厂的男男女女一进厂门就都换上那种衣服，有风的时候，看他们在厂区内走动，衣服裤子全都鼓了起来，确实有点像灯笼。我至今也不知道为化工厂设计工作服的人是怎么想的，这样的工作服与当时流行的蓝色工装格格不入，也使穿这种工作服的人看上去与别的工人阶级格格不入。许多年以后当我看见一些时髦的女性穿着宽松的黑色绸质衣裤，总是觉得她们这么穿并不时髦，像化工厂的工人。

有一个女人，是化工厂托儿所的阿姨，我还记得她的脸。那个女人每天推着一辆童车来上班，童车里坐着她自己的孩子，是个女孩，起码有七八岁了，女孩总是坐在车内向各个方向咧着嘴笑，我很奇怪她那么大了为什么还坐在童车里。有一次那母亲把童车放在传达室外面，与传达室的老头聊天，我冲过去看那个小女孩，发现女孩原来是站不起来的，她的脖子也不能随意地昂起来，我模模糊糊地知道女孩的骨头有问题，大概是软骨病什么的。我还记得她的嘴边有一摊口水，是不知不觉中流出来的。

有一个男的，是化工厂的一个单身汉，我之所以肯定他是单身汉，是因为我早晨经常看见他嘴里嚼着大饼油条，手里还拿着一只青团子之类的东西，很悠闲地从大街上拐进工厂的大门。那个男人大概二十七八岁的样子，脸色很红润，我总认为那种红润与他每天的早点有直接的关系，而我每天都照例吃的是一碗泡饭，加上几块萝卜干，所以我一直羡慕那个家伙。早饭，能那么吃，吃那么多，那么好！这个吃青团子的男人一直受到我的注意，只是关心他今天吃了什么。有一次我在上学的路上看见他坐在点心店里，当然又是在吃。我实在想知道他在吃什么，忍不住走进去，朝他的碗里瞄了一眼，我看见了浮在碗里的两只汤圆，还有清汤里的一星油花。我可以肯定他是在吃肉汤圆，而且买了四只——我知道四只汤圆一毛四分钱，一般来说，不是两只就是四只、六只，买单数会多花一分钱，那是不合算的。我还记得我走出点心店以后的想法，我想，这家伙每天还吃四只汤圆，他怎么这样舍得吃，他的工资到底有多少？我想这种幸福只有一个解释，那就是他是单身汉，单身汉的钱全部可以用来买各种早点吃，想吃什么就吃什么！

我还依稀记得化工厂制造的产品是苯干，苯干好像又是用来做樟脑丸的，这一点不要介绍也能猜出来，因为我小时候每天都闻着一种类似樟脑的气味。它在我的印象中是从化工厂的大烟囱里喷出来的，这种气味不仅钻进你的鼻孔，还附着于我家或邻居晾晒在外面的衣服上，有时候我们觉得街道上的空气没有什么异样。但来自别的街区的人走过我们那条街道时会捂着鼻子说：哎呀，什么味儿？难闻死了！这种人往往使我很反感。

我喜欢闻空气中那种樟脑丸的气味，我才不管什么污染和污染对人体的危害呢——当然这话是现在说着玩的，当时我根本不懂得什么叫空气污染，不仅是我，大人们也不懂；即使懂也不会改变什么，你不可能为了一点气味动工厂一根汗毛。大人们有时候骂化工厂讨厌，我猜那只是因为他们有人不喜欢闻樟脑味罢了。

我家隔壁的房子是化工厂的宿舍，住着两户人家。其实他们两家的门才是正对着化工厂大门的。其中一家人有两个儿子一个女儿，两个儿子被他们严厉的父亲管教着，从来不出来玩，他们不出来玩我就到他们家去玩。一个儿子其实已是小伙子，很胖，像他母亲，另一个在我哥哥的班级里，很瘦，都是很文静的样子。我不请自到地跑到他们家，他们也不撵我，但也不理我。我看见那个胖的大的在写什么，我问他在写什么，他告诉我，他在写西班牙语。

这是真的，大概是一九七三年或者一九七四年，我有个邻居在学习西班牙语！我至今不知道那个小青工学习西班牙语是想干什么。

隔壁的房子从一开始就像是那两家人临时的

住所,到我上中学的时候那两家人都搬走了。临河的房子腾出来做了化工厂的输油站,一根大油管从化工厂里一直架到我家的隔壁,准备把油船里的油直接接驳到工厂里。

来了一群民工,他们是来修筑那个小型输油码头的。民工们来自宜兴,其中有一个民工很喜欢跟我家人聊天,还从隔壁的石阶上跳到我家来喝水。有一天他又来了,结果不小心把杯子掉在地上,杯子碎了,那个民工很窘,他说的一句话让我始终觉得很有意思,他说:这玻璃杯就是不结实。

输油码头修好以后我们家后门的河面上就经常停泊着一些油船,负责输油的两个工人我以前都是见过的,当然都穿着那种奇怪的黑色工作服,静静地坐在一张长椅子上看着压力表什么的。那个男的是个秃顶,面目和善,女的我就更熟悉了,因为是我的一个小学同学的母亲。我经常看见他们两个人坐在那里看油泵,两个人看上去关系很和睦,与两个不得不合坐的小学男生小学女生的关系是完全不同的。我不大关心他们，天黑以后我照例跑到后门对着河道撒尿，我不看他们，我相信他们也不看我。

那年夏天那个看油泵的女工，也就是我同学的母亲服了好多安眠药自杀了，听到这个消息我非常震惊。因为她一直是坐在我家隔壁看油泵的。我对于那个女工的自杀有许多猜测，许多稀奇古怪的猜测，但因为是猜测，就不在这里絮叨了。

回忆应该是真实而准确的，其他的都应该出现在小说里。

# 初入学堂

我第一次去学校不是去上学,是去玩或者只是因为家中无人照看已经记不清了,那一年我大约五岁,我跟着大姐到她的学校去。依稀记得坐落在僻静小街上的一排泥砖校舍,一个老校工站在操场上摇动手里的铁铃铛,大姐拉着我的手走进教室。请设想一个学龄前的小孩坐在一群五年级女生中间,怯生生地注视着黑板和黑板前的教师。那个女教师的发式和服饰与我母亲并无二致,但清脆响亮的普通话发音使她的形象变得庄严而神圣起来,那个瞬间我崇敬她胜过我的母亲。

是一个阳光明媚的早晨,我滥竽充数地坐在大姐的教室里,并没有人留意我的存在。我的手里或许握着一支用标语纸折成的纸箭,一九六七年的阳光透过玻璃窗洒在我的身上,我对阳光空气中血腥和罪孽的成分浑然不知,我记得琅琅的读书声在四周响起来,一遍又一遍地响起来,无论怎样那是我第一次感受了教育优美的秩序和韵律。

童稚之忆是否总有一圈虚假的美好的光环,扳指一算,当时正值"文革"最混乱的年月,大姐的学校或许并非那么温暖美好的。

我七岁入学,入学前父母带着我去照相馆拍了张全身像,照片上我身穿黄布仿制的军装,手执一本红宝书放在胸前,咧着嘴快乐地笑着,这张照片后来成为我人生最初阶段的留念。

我自己的小学从前是座耶稣堂，校门朝向大街，从不高的围墙上方望进去，可以看见礼拜堂的青砖建筑，礼拜堂早就被改成学校的小会堂了。一棵本地罕见的老棕榈树长在校门里侧。从一九六九年秋季开始，棕榈树下的这所小学成为我的第一所学校。

我记得初入学堂在空地上排队的情景，一年级的教室在从前传教士居住的小楼里，楼前一排漆成蓝色的木栅栏，木栅栏前竖着一块红色的铁质标语牌，"好好学习，天天向上"，标语的内容耳熟能详。学校里总是有什么东西给你带来惊喜，比如楼前的紫荆正开满了星状花朵，它的圆叶摊在手心能击打出异常清脆的响声；比如围墙下的滑梯和木马，虽然木质已近乎腐朽，但它们仍然是孩子们难得享用的大玩具，天真好动的孩子都拥上去，剩下一些循规蹈矩的乖孩子站着观望。

入学第一天是慌张而亢奋的一天，但我也有了我的不快，因为排座位的时候，老师把我和一个姓王的女孩排在一张课桌上，而且是第一排。我讨厌坐在第一排，第一排给人以某种弱小可怜的感觉；我更讨厌与那个女孩同桌，因为她邋遢而呆板，别的女孩都穿着花裙子，打扮得漂漂亮亮，唯独她穿着打了补丁的蓝裤子，而且她的脸上布满鼻涕的痕迹。我的同桌始终用一种受惊的目光朝我窥望，我看见她把毛主席的红宝书放在一只铝碗里，铝碗有柄，她就一直把铝碗端来端去的，显得有点可笑，但这样携带红宝书肯定是她家长的吩咐。

所以入学第一天我侧着脸和身子坐在课堂里，心中一直为我的不如意的座位愤愤不平。

启蒙老师姓陈，当时大约五十岁的样子，关于她的历史现在已无从查访；只记得她是湖南人，丈夫死了，多年来她与女儿相依为命住在学校的唯一一间宿舍里，其实也就是一年级教室的楼上。现在我仍然清晰地记得陈老师的齐耳短发已经斑白，颧骨略高，眼睛细长但明亮如灯。记得她常年穿着灰色的上衣和黑布鞋子，气质洁净而娴雅，当她站在初入学堂的孩子们面前，他们或许会以她作参照形成此后一生的某个标准：一个女教师就应该有这种明亮的眼神和善良的微笑，应该有这种动听而不失力度的女中音，她的教鞭应该笔直地放在课本上，而不是常常提起来敲击孩子们的头顶。

一加一等于二。

b、p、m、f。

a、o、e。

这才是我一生中最美好的天籁，我记得是陈老师教会了我加减法运算和汉语拼音。一年级的时候我学会了多少汉字？二百个？三百个？记不清了，但我记得我就是用那些字给陈老师写了一张小字报。那是荒唐年代里席卷学校的潮流，广播里每天都在号召人们向××路线开火，于是我和另外一个同学就向陈老师开火了，我们歪歪斜斜地写字指出陈老师上课敲过桌子，我们认为那就是广播里天天批判的"师道尊严"。

我想陈老师肯定看见了贴在一年级墙上的

小字报，她会作何反应？我记得她在课堂一如既往地微笑着，下课时她走过我身边，只是伸出手在我脑袋上轻轻抚摸了一下。那么轻轻的一次抚摸，是一九六九年的一首凄凉的教育诗。我以这种荒唐的方式投桃报李，虽然是幼稚和时尚之错，但时隔二十多年想起这件事仍然有一种心痛的感觉。

上三年级的时候陈老师和女儿离开了学校。走的时候她患了青光眼，几乎失去了视力，都说那是因为长期在灯下熬夜的结果。记得是一个秋天的黄昏，我在街上走，看见一辆三轮车慢慢地驶过来，车上坐着陈老师母女，母女俩其实是挤在两只旧皮箱和书堆中间。看来她们真的要回湖南老家了，我下意识地大叫了一声"陈老师"，然后就躲在别人家的门洞里了。我记得陈老师喊着我的名字朝我挥手，我听见她对我喊：天快黑了，快回家去吧。我突然想起她患了眼疾看不清是我，怎么知道是我在街上叫喊？继而想到陈老师是根据声音分辨她的四十多个学生的，不管在哪里，不管什么时候，老师们往往能准确无误地喊出每一个学生的名字。

我以后再也没有见过陈老师，假如她还健在，现在已是古稀之年了。或许每个人都难以忘记他的启蒙老师，而在我看来，陈老师已经成为混乱年代里一盏美好的路灯，她在一个孩子混沌的心灵里投下了多少美好的光辉，陪他走上漫长多变的人生旅途。时光之箭射落岁月的枯枝败叶，有些事物却一年年呈现新绿的色泽，正如我对启蒙老师陈老师的回忆。我女儿眼看也要背起书包去上学了，每次带着她走过那所耶稣教堂改建的学校时，我就告诉女儿，那是爸爸小时候上学的地方，而我的耳边依稀响起二十多年前陈老师的声音，天快黑了，快回家去吧。

天快黑了，快回家去吧。

# 九岁的病榻

我最初的生病经验产生于一张年久失修的藤条躺椅上,那是一个九岁男孩的病榻。

那年我九岁,我不知道为什么会得那种动不动就要小便的怪病,不知道小腿上为什么会长出无数红色疹块,也不知道白血球和血小板减少的后果到底有多严重。那天父亲推着自行车,我坐在自行车后座上,母亲在后面默默扶着我,一家三口离开医院时天色已近黄昏,我觉得父母的心情也像天色一样晦暗。我知道我生病了,我似乎有理由向父母要点什么,于是在一家行将打烊的糖果铺里,父亲为我买了一只做成蜜橘形状的软糖,橘子做得很逼真,更逼真的是嵌在上方的两片绿叶。我记得那是我生病后得到的第一件礼物。

生病是好玩的,生了病可以吃到以前吃不到的食物,可以受到家人更多的注意和呵护,可以自豪地向邻居小伙伴宣布:我生病了,明天我不上学!但这只是最初的感觉,很快生病造成的痛苦因素挤走了所有稚气的幸福感觉。

生病后端到床前的并非是美食。医生对我说,你这病忌盐,不能吃盐,千万别偷吃,有人偷吃盐结果就死了,你偷不偷吃?我说我不会偷吃,不吃盐有什么了不起的?起初也确实漠视了我对盐的需要。母亲从药店买回一种似盐非盐的东西放在我的菜里,有点咸味,但咸得古怪;还有一种酱油,也是红的,但红也红得古怪。开始与这些特殊的食物打交道，没几天就对它们产生了恐惧之心，我想我假如不是生了不能吃盐的病该有多好，世界上怎么会有不能沾盐的怪病？有几次我拿了只筷子在盐罐周围徘徊犹豫，最终仍然未敢越轨，因为我记得医生的警告，我只能安慰自己，不想死就别偷吃盐。

生了病并非就是睡觉和自由。休学半年的建议是医生提出来的，我记得当时心花怒放的心情，唯恐父母对此提出异议。我父母都是信赖中医的人，他们同意让我休学，只是希望医生用中药来治愈我的病。他们当时认为西医是压病，中医才是治病。于是后来我便有了我的那段大啖草药汁煎破三只药锅的惨痛记忆，对于一个孩子的味蕾和胃口，那些草药无疑就像毒药。我捏着鼻子喝了几天，痛苦之中想出一个好办法，以上学为由逃避喝药。有一次在母亲倒药之前匆匆地提着书包蹿到门外，我想与其要喝药不如去上学，但我跑了没几步就被母亲喊住了。母亲端着药碗站在门边，她只是用一种严厉的目光望着我，我从中读到的是令人警醒的内容：你想死？你不想死就回来给我喝药。

于是我又回去了。一个九岁的孩子同样地恐惧死亡，现在想来让我在九岁时候就开始怕死，命运之神似乎有点太残酷了一点，是对我的调侃还是救赎？我至今没有悟透。

九岁的病榻前时光变得异常滞重冗长，南方的梅雨滴滴答答个不停，我的小便也像梅雨一样解个不停。我恨室外的雨，更恨自己的出了毛病的肾脏，我恨煤炉上那只飘着苦腥味的药锅，也恨身子底下咯吱咯吱乱响的藤条躺椅，生病的感觉就这样一天坏于一天。

有一天班上的几个同学相约了一起来我家探病，我看见他们活蹦乱跳的模样，心里竟然是一种近似嫉妒的酸楚，我把他们晾在一边，跑进内室把门插上。我不是想哭，而是想把自己从自卑自怜的处境中解救出来。面对他们我突然尝受到了无以言传的痛苦，也就在门后偷听外面同学说话的时候，我才真正意识到我是多么想念我的学校，我真正明白了生病是件很不好玩的事情。

病榻上辗转数月，我后来独自在家熬药喝药，凡事严守医嘱。邻居和亲戚们都说：这孩子乖。我父母便接着说：他已经半年没沾一粒盐了。我想他们都不明白我的想法，我的想法其实归纳起来只有两条：一是怕死，二是想返回学校和不生病的同学在一起，这是我的全部的精神支柱。

半年以后我病愈回到学校，我记得是一个秋高气爽的日子，我在操场上跳绳，不知疲倦地跳，变换着各种花样跳，直到周围站了许多同学，我才收起了绳子。我的目的已经达到，我只是想告诉大家，我的病已经好了，现在我又跟你们一模一样了。

我离开了九岁的病榻，从此自以为比别人更懂得健康的意义。

# 六十年代,一张标签

生于六十年代,对我来说没什么可抱憾,也没什么值得庆幸的,严格地来说这是我父母的选择。假如我早出生十年,我会和我姐姐一样上山下乡,在一个本来与己毫不相干的农村度过青春年华;假如我晚生十年,我会对毛主席语录、批林批孔、反击右倾翻案风这些名词茫然不解,但这又有什么关系?所有的历史都可以从历史书本中去学习,个人在历史中常常是没有注解的,能够为自己作注解的常常是你本人,不管你是哪一个年代出生的人。历史总是能恰如其分地湮没个人的人生经历,当然包括你的出生年月。

生于六十年代,意味着我逃脱了许多政治运动的劫难,而对劫难又有一些模糊而奇异的记忆。那时还是孩子,孩子对外部世界是从来不作道德评判的,他们对暴力的兴趣一半出于当时教育的引导,一半是出于天性。我记得上小学时听说中学里的大哥哥大姐姐让一个女教师爬到由桌子椅子堆成的"山"上,然后他们从底下抽掉桌子,女教师就从"山顶"上滚落在地上。我没有亲眼见到那残酷的一幕,但是我认识那个女教师。后来我上中学时经常看见她,我要说的是这张脸我一直不能忘怀,因为脸上的一些黑紫色的沉积的疤瘢经过这么多年仍然留在了她的脸上。我要说我的那些大哥哥大姐姐们中间许多人是有作恶的记录的,可以从诸多方面为他们的恶行开脱,但记录就是记录,它已经不能抹去。我作为一个旁观的孩子，没有人可以给我定罪，包括我自己。这是我作为一个一九六三年出生的人比他们轻松比他们坦荡的原因之一，也是我比那些对"文革"一无所知的七十年代人复杂一些世故一些的原因之一。

中国社会曾经是一个很特殊的社会，现在依然特殊。我这个年龄的人在古代已经可以抱孙子了，但目前仍然被习惯性地称为青年，这样的青年看见真正的青年健康而充满生气地在社会各界闯荡，有时觉得自己像一个假冒伪劣产品。这样的青年看到经历过时代风雨的人在报纸电视谈论革命谈论运动，他们会对身边的年轻人说，这些事情你不知道吧？我可是都知道。但是他们其实是局外人，他们最多只是目击者和旁观者。六十年代出生的这些人，在当今中国社会属于承前启后的一代，但是他们恰恰是边缘化的一代人。这些人中有的在愤世嫉俗与随波逐流，有的提前迈入中老年心态，前者在七十年代人群中成为脸色最灰暗者，后者在处长科长的职位上成为新鲜血液，孤独地兀自流淌着，这些人从来不考虑生于六十年代背后隐藏了什么潜台词。这些人现在是上有老下有小的一代，同样艰难的生活正在悄悄地磨蚀他们出生年月上的特别标志。这一代人早已经学会向现实生活致敬，随它去吧。

  一代人当然可以成为一本书，但是装订书的不是年月日，是一个一个一个一个的人。写文章的人总是这样归纳那样概括，为赋新词强说愁，但是我其实情愿制造一个谬论：群体在精神上其实是不存在的。就像那些在某个时间某个妇产医院同时降生的婴儿，他们离开医院后就各奔东西，尽管以后的日子里这些长大的婴儿有可能会相遇，但有一点几乎是肯定的：他们谁也不认识谁。

# 错把异乡当故乡

十八岁离开家乡以前,我所去过的最远的一个城市就是南京。那是一次比较特别的旅行,不是为了浏览,不是为了探亲,当时有来自全省的数百名学生聚集在建邺路上的党校招待所里,参加一个大规模的中学生作文竞赛,那次竞赛我名落孙山。记得在返回苏州之前我们一大群人停留在火车站前的广场上,忽然发现玄武湖就在眼前，不知是谁第一个跑到了湖边，我们纷纷尾随过去；也不知是谁第一个在湖边开始洗手，一大群中学生沿着湖岸一字排开，大家都把手伸进湖水里，很认真地洗了一回手。我至今仍然记得那群蹲在湖边洗手的少男少女的音容笑貌。二十年过去以后所有人手上的玄武湖水已经了无印痕，而我却在无意之中把那掬湖水融进了我的未来。当年那群等待回家的苏州中学生中，也许只有我一个人日后留在玄武湖边。

选择南京做居留地是某种人共同的居住理想。这种人所要的城市不大不小，不要繁华喧闹也不要沉闷闭塞，不要住在父母的怀抱里但也不要离他们太远，这种人无法拥有自己的花园却希望他居住的城市风景如画，这种人希望自己智商超群精明强干却希望别人纯朴憨厚关心他人。我大概就是这种人，所以在我二十二岁那年我自愿成为一个南京人，至今已经做了十几年南京人，越做越有滋味。

除了冬夏两季的气候遭到了普遍的埋怨，南

京几乎是一个人见人爱的地方，许多城市是绿化城市，但南京街道上的华盖似的梧桐却无与伦比（南京人溺爱这些树因而原谅了春天树上飘下的茸毛，春天你可以看见许多骑自行车的人在头上身上拍打那些茸毛，脸上的表情却无怨无恨）。许多城市都有一个或几个值得本地人骄傲的风景区，外地人去了就褒贬不一，但是南京的中山陵却是一种王尊地位。当你登临中山陵最高处极目四眺，方圆数里之内一片林海，绿意苍苍，你会发现这个城市之美不同凡响。紫金山与长江不再是什么天然屏障，它们使南京永远受到了山水的孕育，东郊的林海则是一只巨大的绿色的枕头，每天夜里它对着太平门耳语一把，睡吧，南京，南京就睡了。每天早晨它对着中山门说，醒来吧，南京，南京就醒来了。

六朝古都的睡眠不会太长，南京醒来了。在从前帝王们的车马经过的地方，南京人的自行车匆匆而过；在新街口一带的工地上，打桩机根本不顾明孝陵下太子王妃的幽魂对噪音有何看法，一心要为建设新南京而发出它的狂叫。在城南的某条古老的小巷里，某个老妇拎着一只古老的马桶走过古老的秦淮河，但是她已经不能随手在河里倒马桶，她必须把它倒在公共厕所的化粪池里——南京虽然还没有消灭马桶，但是就连上海都还没有消灭马桶呢，南京为什么要这么着急呢。

着急不是南京人的性格，虽然南京人说话听上去显得很着急，这几年人人都想发财，南京人也想得慌，但是他们因为不着急许多事就比别的地方慢半拍。当南京人来到深圳海口淘金时那里已经人满为患，他们就回来了。当南京人发现别人生产假货劣品大发其财时，他们伤心地意识到作为一个南京人是发不了这种大财的。他们于是就想发小财，他们想还是回家做盐水鸭吧，反正南京人吃盐水鸭吃不够，即使卖不掉也没关系，反正自己也吃不够。

南京人也符合我对人群的理想，所以我在南京一直生活得自得其乐。今年夏天的某一天，忽然游兴大发,想到在南京这么多年,许多朋友嘴里的幽美之地还没去过,就携妻子女儿往东郊而去。因为不是假日,游人寥寥,一家人从藏书阁小径进入百年树荫,一路探幽至灵谷寺,途中不闻人声但闻鸟语流泉,心中便有一奇异的甜蜜的感觉,好像这个地方是自己家的,好像是自己向自己炫耀了一件宝物,结果自己很满足也很幸福。

也许这很自然,一个人如果喜欢自己的居住地,他便会在一草一木之间看见他的幸福。多少人现在生活在别处,在一个远离他生命起源的地方生活着,生活得没有乡愁,没有哀怨,生活得如此满足,古人所谓"错把异乡当故乡"的词句大概也就源于此处吧。

## 八百米故乡

在我的字典里,故乡常常是被缩小的,有时候仅仅缩小成一条狭窄的街道,有时候故乡是被压扁的,它是一片一片记忆的碎片,闪烁着寒冷或者温暖的光芒。所谓我的字典,是一本写作者的字典,我需要的一切词汇,都经过了打包处理,便于携带,包括故乡这个沉重而庞大的字眼。

每个人都有故乡，而我最强烈的感受是，我的故乡一直在藏匿，在躲闪，甚至在融化。更重要的是，它是一系列的问号：什么是故乡？故乡在哪里？问号始终打开着，这么多年了，我还在想象故乡，发现故乡。

一九八二年夏天，在一条名叫齐门外大街的街道上居住了二十多年之后，在把四个子女都养大成人之后，我父母乔迁新居，从苏州城最北端的那条老街上继续往北五百米，过一座桥，再穿越一条很短很狭窄的街道，左手是我母亲工作的水泥厂，右手的工厂宿舍楼，就是他们的新家。这次乔迁的直线距离，没有超过八百米，当时我在北京上大学，在千里之外，对新家充满了热情的想象，因为那是新工房，在三层楼上，新居的高度和抽水马桶、阳台之类的东西已经让我足够兴奋。我清楚地记得暑假回家的第一个下午，我在新居的阳台上眺望着远近的风景，怀着一种新生的心情。远的风景，正面方向是水泥厂工厂区白色的大烟囱和水泥窑，侧面远眺，能看见一家炭黑厂黑色的烟囱和黑色的厂房，在水泥窑的后面，有京沪铁路通过，可惜水泥窑能看见铁路和火车，我看不见。我从小生活的旧屋，其实就在东南方向八百米处，我视线能及的地方，但是其他的房屋挡住了那旧屋，我什么也看不见。那是很多年来我们家的第一次搬迁，是在对环境污染一无所知的年代里，我们从一家化工厂的对面搬到一家水泥厂和一家炭黑厂之间，从苯干生产污染的空气里扑向水泥粉尘和炭黑粉尘的怀抱，空气质量对我们每一个家庭成员并没有太多的妨害，唯一的问题是日常生活的直径改变了，正负八百米，我父亲去市中心上班，自行车要多走八百米。我母亲上班少走八百米，可是去看望我外祖母和舅舅舅母们要多走八百米。对我来说，八百米是一次直径的扩展，美中不足的是这次扩展规模太小，我的生活从一条街到另外一条街，仅仅延伸八百米，不能遗忘什么，也不能获得什么。那年夏天，我第一次意识到了故乡这个字眼，可是我所想象的故乡似乎并不存在于这八百米的世界里。

八百米成为一个象征,就像一个人发现故乡的路,很短,也很长。

八百米的世界,对我们一家,曾经是一种宿命。唯一不同的是一九八二年夏天的搬迁,让我母亲的这个家族分开了,分开八百米,不算很远,但也不很近。这使我母亲在腌咸菜的季节里格外头疼,腌菜的大缸没法搬到新居里去,而且,我母亲特别信任我二舅的脚,认为只有他踩出来的腌菜才好吃,现在,缸没有了,踩缸的"脚"也不在身边,只好放弃腌菜了。搬家也给我造成一点麻烦,明显大于腌菜的麻烦,我要听从母亲的吩咐,走亲戚,暑假或者春节,每年最起码两次,要走八百米的路,回到旧屋里,见过我外祖母,见过我的大舅大舅母和二舅二舅母,我从127号一个大家庭的一员,变成了一个亲戚,一个客人。这种新的身份让我感到新奇,又很不自在。而我家的房子,由于是公房,已经被调配给了一个陌生的家庭,我好奇地打量过从前的家,非常怅然地发现,那确实不是我的家了,那户人家粉刷了墙壁,改变了房子的格局,也改变了我母亲家族聚居的格局,不是陌生人融入了这个家族,就是这个家族融入了陌生人的生活。

而我们这个家庭,最初就是这个街区的陌生人。我父母是从镇江地区扬中岛上来到苏州的移民。在上世纪八十年代以前,我所有的身份资料上的籍贯一栏,填写的是扬中县,籍贯填写成苏州,是八十年代以后的要求,这个要求忽略了父辈的来历,强调了出生地的重要。自此,我的身份才与苏州发生如此紧密的联系。

我们这个家庭有点特别,几家人聚拢在一起,在一个新的居留地过着家族式的生活,似乎就是为下一代更改故乡的名字。但故乡的名字是不容易改变的,我们家周围的邻居,大多是苏州的老居民,他们早已接纳了我们这个家庭。但是,对于我们127号和125号的日常生活,毕竟是有点好奇的,而语言问题首当其冲。

语言在我们这个家族里无法统一，我外祖母不会说苏州话，我大舅母不会说扬中话，我的父母和舅舅们则交替使用家乡方言和苏州话，他们互相之间用家乡话交流，对孩子们对外人都说流利的苏州话。

　　长辈们的家乡方言，在很长一段时间里让我们这些孩子感到恐惧，就像一个隐私，唯恐给外人听到，可惜的是，这隐私无法藏匿，因为长辈们从不以他们的家乡为耻。扬中岛的方言，听起来接近苏北话，而苏州这个城市的市民文化与上海相仿，地域歧视从来都是存在的，苏北话历来被众人所不齿。尤其是我的姐姐和表姐们，一旦与别的女孩子发生口水仗，必然会因为长辈们的口音受牵连。无论她们怎么强调扬中岛位于扬子江江心，属于镇江地区，镇江地区是在江南，与苏北无关，怎么强调都是无济于事，通常她们得到的回答是，镇江话也是苏北话，不管你们的老家在江南还是江北，反正你们不是苏州人，是苏北人！

我们家的下一代，都为上一代的家乡辩解过，为地理位置辩解，为语音所属方言辩解，出于虚荣心，或者就是出于恼怒，当你为父母的口音感到恼怒时，你如何体会故乡这个字眼带来的荣耀？相反，下一代体验的是一种隔绝故乡和遗忘故乡的艰难。说到底，孩子们是没有故乡的，更何况，是我们这些农村移民的孩子。

失散，团聚，再失散，是我母亲的家族在扬中苏州两地迁徙生息的结局，没有土地的家族将永远难逃失散的命运。我母亲的家族在几十年的艰难时世里一直聚合在一起，是一个亲密的家族圈的生活，但最终，在一个快速发展变化的时代里，一切烟消云散，这个家族的第一代第二代，还有第三代，最后是失散了。五年前，随着苏州齐门外大街的拆迁重建，我的大舅和三舅妈都被安置在了别的居民小区。同样的，由于亲戚关系的不可避免的疏远，我甚至从来没有去过他们的新家，我在苏州城里有好多表姐表哥，但我不知道他们住在哪个地方，他们的孩子纷纷到南京来求学，我设法找到他们，把这些年轻的大学生叫到家里来，吃一顿丰盛的晚餐。晚餐过后，接到那些表姐的电话，是致谢的电话，之后，又恢复漫长的疏远，联系中断了。我童年时代热闹的家族圈生活完全萎缩了，家族对于我来说，仅仅是由直系亲属组成，每次回到苏州，我的足迹仅限于我父亲的家我兄弟姐妹的家，甚至他们都不在一个屋檐下生活，每一家之间的距离都很遥远，远远超过八百米，对我来说，超过八百米，故乡便开始模糊，开始隐匿，至此，我的八百米的故乡已经漂浮不见了。

所以我说，这么多年了，我还在想象故乡，发现故乡。

我去了我父母的故乡扬中，满眼生疏，父辈在此留下的痕迹已经无从追寻，我现在回到苏州，回到苏州城北，我以前曾经有过的八百米故乡，什么都不见了，只留下两座清代同治年间的石拱桥，一南一北，供人们凭吊，我发现在拆除了古旧的房屋之后，城北地区变得很空旷，同时也很小，那两座桥之间，现在看起来，八百米也不到！

所以，我怀疑我的八百米故乡也仅仅是错觉。我内心需要一个多大的故乡？我需要的故乡究竟在哪里？我知道吗？也许我并不知道。所以我说，直到现在，我还一直在想象故乡，发现故乡。

# 一份自传

我一九六三年一月二十三日出生于苏州家中。是小年夜的夜里。那夜我母亲原来准备去厂里上夜班的,仓促间把我生在一只木盆里。这当然是母亲后来告诉我的。

童年时代在苏州城北一条古老的街道上度过。那段生活的记忆总是异常清晰而感人。我的许多短篇小说都是依据那段生活写成,诚如许多评论家所说,是"童年视角""童年记忆",这肯定是些幼稚单薄的东西,不好意思。

我从小就听话。在学校里听老师的话,在家里听父母的话,在孩子堆里听孩子王的话,有一年我生了病,很严重的肾炎,医生不让我吃盐,我就听医生的话,将近半年时间没沾一粒盐。到了现在,我也依然很听话,听领导的话,父母的话,妻子的话,还有朋友的话。有一位朋友建议我去买一台微波炉,我就去买了,结果发现我根本不需要微波炉。我妻子说,不需要你就再卖给别人吧,便宜一点也行,于是我就把它降价卖给了别人。

我从来不具有叛逆性格和坚强的男性性格,这一点也让我不好意思。

我唯一坚定的信仰是文学,它让我解脱了许多难以言语的苦难和烦忧,我喜爱它并怀着一种深深的感激之情,我感激世界上有这门事业,它使我赖以生存并完善充实了我的生活。

我小时候家境贫困,从来没有受到过修养的

操练和艺术的熏陶。我有两个姐姐一个哥哥。我二姐喜欢文学，她经常把许多文学名著带回家中，那是她向别人借的。借期往往很短，三至五天，她一天看完轮到我看。我有时候在一个下午读完《复活》与《红与黑》，读得昏头昏脑，不知所云，但我仍然执着于这种可笑的不求甚解的阅读。也许因为这些书，使我回避了街头少年的许多不良恶习，我总是静坐家中，培养了某种幻想精神。

我上高中的时候就写过小说，还投稿了，结果当然是退。我还写诗，最初的诗写在一个塑料皮笔记本上，现在还留着。从来没再翻阅过，但我珍惜它们。

一九八〇年我考上北师大，九月初的一天我登上北去的火车，从此离开古老潮湿的苏州城。在经过二十个小时的陌生旅程后我走出北京站。我记得那天下午明媚的阳光，广场上的人流和10路公共汽车的天蓝色站牌。记得当时我的空旷而神秘的心境。

对于我来说，在北京求学的四年是一种真正的开始。我感受到一种自由的气息，我感受到文化的侵袭和世界的浩荡之风。我怀念那时的生活，下了第二节课背着书包走出校门，搭乘22路公共汽车到西四，在延吉冷面馆吃一碗价廉物美的朝鲜冷面，然后经过北图、北海，到美术馆看随便什么美展，然后上王府井大街，游逛，再坐车去前门，在某个小影院里看一部拷贝很旧的日本电影《泥之河》。

这时候我大量地写诗歌、小说并拼命投寄，终获成功，一九八三年的《青春》《青年作家》《飞天》和《星星》杂志初次发表了我的作品。我非常惧怕憎恨退稿，而且怕被同学知道，因此当时的信件都是由一位北京女同学转交的，她很理解我。以她的方式一直鼓励支持我。我至今仍然感激她。

大学毕业时我选择去南京工作，选择这个陌生的城市在当时是莫名其妙的，但事实证明当初的选择是对的，我一直喜欢我的居留之地，说不清是什么原因。我在南京艺术学院工作了一年半时间，当辅助员，当得太马虎随意，受到上司的白眼和歧视，这也不奇怪。因祸得福，后来经朋友的引荐，谋得了我所喜爱的工作，在《钟山》杂志当了一名编辑。至此我的生活就初步安定了。

一九八七年我幸福地结了婚。我的妻子是我中学时的同学，她从前经常在台上表演一些西藏舞、送军粮之类的舞蹈，舞姿很好看。我对她说我是从那时候爱上她的，她不相信。一九八九年二月，我的女儿天米隆重诞生。我对她的爱深得自己都不好意思，其实世界上何止我一个人有一个可爱漂亮的女儿？不说也罢，至此，我的生活要被她们分割去一半，理该如此，也没有什么舍不得的。

就这样平淡地生活。

我现在蜗居在南京一座破旧的小楼里，读书、写作、会客，与朋友搓麻将，没有任何野心，没有任何贪欲，没有任何艳遇。这样的生活天经地义,心情平静,生活平静,我的作品也变得平静。

其他还有什么?没有什么可说的了。

# 母　校

我从来不知道我童年时就读的小学的老师一直记着我。我的侄子现在就在那所小学读书,有一次回家乡时,我侄子对我说:我们老师知道你的,她说你是个作家,你是作家吗?我含糊其辞,我侄子又说,我们×老师说,她教过你语文的,她教过你吗?我不停地点头称是,心中受到了某种莫名的震动。我想象那些目睹我童年成长的小学老师是如何谈论我的，想象那些老师现在的模样，突然意识到一个人会拥有许多不曾预料的牵挂你的人，他们牵挂着你，而你实际上已经把他们远远地抛到记忆的角落中了。

那所由天主教堂改建的小学给我留下的印象是美好而生动的，但我从未想过再进去看一看，因为我害怕遇见教过我的老师。我外甥女小时候也在那所小学上学，有一次我去接她，走进校门口一眼看见了熟悉的礼堂，许多往事掠过眼前，脚步神奇地变得恍惚不定，我想继续往校园深处走，但走了没多远恰好看见校长从办公室出来，那个熟悉的身影竟然使我望而却步，大概在几秒钟的犹豫之后，我慌慌张张地退到了小学的大门外。

偶尔地与朋友谈到此处，发现他们竟然也有类似的行为。我不知道这么做是不是好，我想大概许多人都有像我一样的想法吧，他们习惯于把某部分生活完整不变地封存在记忆中。

离开母校二十年以后，我收到了母校校庆七十周年的邀请函，母校竟然有这么长的历史，我以前并不知道，现在知道了，心里仍然生出了一些自豪的感觉。

但是开始我并不想回去，那段时间我正好琐事缠身。我父亲在电话里的一句话使我改变了主意，他说，他们只要半天时间，半天时间你也抽不出来吗？

后来我就去了，在驶往家乡的火车上我猜测着旅客们各自的旅行目的，我想那肯定都与每人的现实生活有密切关联，像我这样的旅行，一次为了童年为了记忆的旅行，大概是比较特殊的了。

一个秋阳高照的午后，我又回到了我的小学，孩子们吹奏着乐曲欢迎每一个参加庆典的客人。我刚走到教学楼的走廊上，一位曾教过我数学的女老师快步迎来，她大声叫我的名字，说，你记得我吗？我当然记得，事实上我一直记得每一位教过我的老师的名字，让我不安的是她这么快步向我迎来，而不是我以学生之礼叩见我的老师。后来我又遇见了当初特别疼爱我的一位老教师，她早已退休在家了，她说要是在大街上她肯定认不出我来了，她说，你小时候特别文静，像个女孩子似的。我相信那是我留在她记忆中的一个印象，她对几千名学生的几千个印象中的一个印象，虽然这个印象使我有点窘迫，但我却为此感动。

就是那位白发苍苍的女老师紧紧地握着我的手。穿过走廊来到另一个教室，那里有更多的教过我的老师注视着我。或者说是我紧紧地握着女老师的手，在那个时刻我眼前浮现出二十多年前一次春游的情景，那位女老师也是这样握着我的手，把我领到卡车的司机室里，她对司机说，这孩子生病刚好，让他坐在你旁边。

一切都如此清晰。

我忘了说，我的母校两年前迁移了前址。现在的那所小学的教室和操场并无旧痕可寻，但我寻回了许多感情和记忆。事实上我记得的永远是属于我的小学，而那些尘封的记忆之页偶尔被翻动一下，抹去的只是灰尘，记忆仍然完好无损。

# 水缸回忆

不知道为什么,最近很怀念我们家的大水缸。

那口雄壮憨厚的大水缸已经从我家门边消失很多年了,也从我的生活中消失已久,突然地对那么个粗笨而实用的容器产生怀念之心,也许与创作有关,也许仅仅与生活有关。

我幼年时期自来水还没有普及,一条街道上

的居民共用一个水龙头,因此家家户户都有一口储水的水缸,我记得去水站挑水的大多是我的两个姐姐,她们用两只白铁皮水桶接满水,歪着肩膀把水挑回家,带着一种非主动性劳动常有的怒气,把水哗哗地倒入缸中。我自然是袖手旁观,看见水缸里的水转眼之间涨起来,清水吞没了褐色的缸壁,便有一种莫名的亢奋,现在回忆起来,那是典型的属于儿童的内心秘密,秘密的核心是水缸深处的一只河蚌。

请原谅我向大人们重复一遍这个过于天真的故事,故事说一个贫穷而善良的青年在河边捡到一只被人丢弃的河蚌,他怜惜地把它带回家,养在唯一的水缸里。按照童话的讲述规则,那河蚌自然不是一只普通的河蚌,蚌里住着人,自然是仙女!不知是报知遇之恩,还是一下坠入了情网,仙女每天在青年外出劳作的时候从水缸里跳出来,变成一个能干的女子,给青年做好了饭菜放在桌上,然后回到水缸里去。而那贫穷的吃了上顿没下顿的青年,从此丰衣足食,在莫名其妙中摆脱了贫困。

我现在还羞于分析,小时候听大人们说了那么多光怪陆离的童话故事,为什么独独对那个蚌壳里的仙女的故事那么钟情?如果不是天性中有好逸恶劳的基因,就可能有等待天上掉馅饼的庸众心理。我不烧开水,可是我很喜欢去揭开我家的水缸盖,缸盖揭开的时候,一个虚妄而热烈的梦想也展开了,水缸里的河蚌呢?河蚌里的仙女呢?我盼望看见河蚌在缸底打开,那个仙女从蚌壳里钻出来,一开始像一颗珍珠那么大,在水缸里上升,上升,渐渐变大,爬出来的时候已经是一个正规仙女的模样了。然后是一个动人而实惠的细节,那仙女直奔我家的八仙桌,简单清扫一下,她开始来往于桌子和水缸之间,从水里搬出了一盘盘美味佳肴,一盘鸡,一盘鸭,一盆炒猪肝,还有一大碗酱汁四溢香喷喷的红烧肉(仙女的菜肴中没有鱼,因为我从小就不爱吃鱼)!

很显然,我从来没有在我家的水缸里看见童话的再现,去别人家揭别人家的水缸盖也一样,除了水，都没有蚌壳，更不见仙女。偶尔地我母亲从市场上买回河蚌，准备烧豆腐，我却对河蚌的归宿另有想法，我总是觉得应该把河蚌放到水缸里试验一下，我试了，由于河蚌在水里散发的腥味影响水质，试验很快被发现，家里人把河蚌从缸底捞出来扔了，说，你看看，辛辛苦苦挑来的水，不能喝了，你这孩子，聪明面孔笨肚肠！

我从来不认为自己笨，即使是这强迫性的幼年行为，我固执地剔除了智商因素，而把一切归咎于好奇心。我在费里尼的自传中读到过他幼年时代的好奇心，他肆无忌惮地回忆了儿时钻到餐桌底下打量女佣裙底春光的情景，还说"那里头又黑又难以亲近，对我而言毫无魅力"。我相信一个幼儿对女佣身体的探秘不是出于性欲，而是好奇，好奇心是一种奇妙的植物，即使长在幽暗的空间，最后也可能开出绚丽的花来。我在费里尼的电影里看见了好奇心开出的花朵，这也使我突然理解，为什么那么多艺术家都在作品中孜孜不倦地探索性，表达性，而唯独费里尼电影里的性那么童真，又那么亢奋，童真和亢奋结合，竟然变得那么温暖！对于费里尼同时代的其他孩子而言，最主要的影响来自带有法西斯主义思想的家庭、教会和学校，而对费里尼来说，性、马戏团、电影和意大利面条才是他思想的影响来源，性欲是他的自我摸索，马戏团是旅途偶遇，意大利面条是日常生活，而电影院是他人生第一次"惊艳"的地方，这是一个简洁而令人意外的事实，在费里尼那里，童年时代所有的好奇心、所有童稚的热情最后都汇集在一起"惊艳"，变成了艺术的冲动，变成了生产力。

我怀念那只水缸，其实是在怀念我的好奇心，我们那个时代的孩子，拥有毛泽东思想和狂热费解的政治生活以及简陋贫困的物质生活，并不吃亏，家家都有水缸，一只水缸足以让一个孩子的梦想在其中畅游，像一条鱼。孩子眼里的世界与孩子的身体一样有待发育，现实是未知的，如同未来一样，刺激性腺，刺激想象，刺激智力，什么样的刺激最利于孩子的成长？我不清楚，但我感激那只水缸对我的刺激。

不仅是水缸，我也感激那个年代流传在街头的其他所有浪漫神秘或者恐怖的故事，童话有各种各样的讲述方法，在无人讲述的时候，就去听听水缸说了些什么。我一直相信，所有成人一本正经的艺术创作与童年生活的好奇心可能是互动的，对于普通的成年人来说。好奇心是广袤天空中可有可无的一片云彩，这云彩有时灿烂明亮，有时阴郁发黑，有时则碎若游丝，对人对事对物，好奇心的运动方式也类似云的运动，貌似轻盈实则诡秘莫测，飘浮不定，残存在成年人身上的所有好奇心都变得功利而深奥，有的直接发展为知识和技术。对人事纠缠的好奇心导致了历史哲学等人文科学，对物的无限好奇导致了无数科学学科和科技发明，也让我们一步步地跨入了物质文明，针对人的好奇心一半跨入文化艺术的门槛，在高处登堂入室，另一半容易走入歧途，走到低处去化为街谈巷议飞短流长，有时不免被"誉"为窥伺、窥探，或者叫窥探欲窥伺狂，几乎是别人头顶上的一片乌云了。而所谓的作家，他们的好奇心是被刻意地挽留的，在好奇心方面扮演的角色最幸运也最蹊跷。他们似乎同时拥有幸运和不幸，作家的好奇心是被自己和他人怂恿过的，也被文字组织和人物心理所怂恿，他们的好奇心包罗万象，因为没有实用价值和具体方向而略显模糊。凭借一颗模糊的好奇心，却要对现实世界作出最锋利的解剖和说明，因此这职业有时让我觉得是宿命，是挑战，更是一个奇迹。

一个奇迹般的职业是需要奇迹支撑的，我童年时期对奇迹的向往都维系在一只水缸上了，时光流逝，带走了水缸，也带走了一部分奇迹。我从不喜欢过度美化童年的生活，也不愿坐在回忆的大树上卖弄泛滥的情感，但我决不忍心抛弃童年时代那水缸的记忆。水缸从我的生活中消失了，可是这么多年我其实一直在写作生活中重复那个揭开水缸的动作，谁知道这是等待的动作还是追求的动作呢？从一只水缸中看不见人生，却可以看见那只河蚌，从河蚌里看不见钻出蚌壳的仙女，却可以看见奇迹的光芒。

美国诗人E.E.卡明斯三十一岁时写了一首诗，差不多像一个孩子幼稚的涂鸦，我却莫名地喜欢，摘录几句如下：

> 谁知道月亮是不是
> 一只气球，来自天上的
> 一座漂亮城市——
> 那里到处是可爱的人们！

月亮肯定不是一个气球，天上的漂亮城市是有的，但肯定是海市蜃楼，漂亮的城市里人们都很可爱吗？我看不一定，再漂亮的城市里也会住着几个凶恶丑陋的杀人犯——可是这样写诗却是真的可爱！

我没有更多的修辞方法了，还是要说水缸。我最后要感激水缸的是它庞大芜杂的象征意味，我们的现实生活也是一只巨大的水缸，这水缸里的水一日少于一日，一日浑于一日，但有了那个蚌壳里的仙女的存在，我们可以乐观，既然她会做饭，应该也会提供饮用水或者生活用水，因此我们必须相信水缸。

相信水缸就是相信生活。

# 苏州北局

北局,光是这个地名就透出了莫名的沧桑感,让人不敢忽略其中沉淀的故事。但我大概是不擅讲古的文人,所以我要说的仍然是我自己与北局的故事。

苏州人知道所谓北局就是著名的观前街后面的小广场,是一个并无特色甚至有点沉闷无趣的广场。这个地方的存在当然是很有些年头了，我不知道从前的北局是何等模样，但自从我有记忆以来，这个地方一直是我心目中苏州的中心。我在异乡生活多年，只要想起苏州城，很自然地就想起北局这个地方，想起北局的人民商场，开明、大光明、延安三家影剧院以及那个我未进去过的苏州书场，甚至还会想起我在广场边的大堆自行车群中急切地寻找我父亲的自行车时的窘状——我从学会骑车以后就经常将我父亲心爱的自行车骑到北局去，不记得都是去干什么的，只是记得在那里荒废半天时光以后，天就快黑了，天色渐晚就慌忙赶往家，偏偏就找不到自行车了。

对北局的记忆始于"文革"后期的普及样板戏浪潮，我上小学的时候学校经常组织孩子们去看电影院里周而复始的《红灯记》《沙家浜》，一群住在苏州城北的小学生，排着队，唱着革命歌曲，穿过大街小巷，步行大约三公里路程，来到北局，有时在长征（就是现在的大光明）电影院，有时在延安（现在保留了原名）电影院，看早已耳熟能详的电影,心中仍然充满节日般的快乐。不得不说的是孩子们在提倡艰苦朴素的年代里也表现出了人贪图享受的本性,所有的孩子都希望能在延安电影院看电影,原因很简单,因为那里的座椅是沙发座,而斜对面的长征电影院每一张座椅都是硬板凳。

现在我仍不能解释为什么在少年时期一次次骑车去北局,其原因或许很简单,因为我住的那条街上除了几家卖油盐酱醋的店铺,除了一些日久生厌的人脸,什么也没有。当我来到北局就来到了苏州城的中心,看到一个热闹的人来人往的地方对我很必要,听到人群中有人操东北口音、上海口音、北京口音,我就觉得苏州在中国,中国在地球上,而地球很大。这种联想使我振奋,因此在东张西望之余,我在北局一次次憧憬着我的未来,一次次地想象我将来的生活。

我想不起当年在北局的梧桐树下发生过什么大事情了。我与我妻子热恋的时候已在外地工作,于苏州成为一个匆匆过客,偶尔相携去当时开明戏院楼下的西餐馆吃一番，还带着我上中学的妻妹，不是通常的苏州青年相约小公园的味道。现在让我回味的倒是一个姓刘的戴眼镜的少年，二十年过去了，我还记得他的脸——是另外一个中学的学生，很聪颖也很沉默。我们相识于一个语文夏令营里，在夏令营里我年龄最小，又兼生性乖僻不会与人相处，本不指望结交朋友，但刘姓少年却不嫌弃我，总是与我走在一起（大概他觉得我们俩交朋友合适）。营期结束临别时他借给我《钢铁是怎样炼成的》看，约好三天后将书还他，见面地点就定在北局小公园。我记得三天后我们在小公园见面的情景，他从书场那连接弄堂里走来，脸上带着拘谨的笑意，我大概也一样，我把书还给他，甚至不知道要谢谢人家。什么话也没有，我们俩站在小公园的中央，面面相觑地坚持了一分钟，他说：我走了。我说：我也走了。就分手了。

我当年在北局有可能丢失了一个朋友，像我这种性格的人，好不容易遇到一个可以做朋友的同类，却看着他从北局消失了，而且是从我生活中永远消失了——我以后再也没见过这个姓刘的少年。想想总是有点酸楚，觉得自己几乎是一个傻瓜。后来我不止一次地想起刘姓少年，尤其是来到北局的时候，我问自己：你站在这里，看看你，看看他，又不和别人说话，到底是想干什么呢？

其实我至今不能描述当年的心情，我记住的只是北局这个地方。一个人的生命在许多地方能够留下痕迹，生活本身就洗涤一些，另一些留住了，留住的你必须记住。

# 一个城市的灵魂

几年前一个夏天的傍晚,与一个来自北方的朋友在明孝陵漫步,突然觉得有一件意外的事情正在发生。这意外首先缘自感官对一个地方的特殊气息的敏感,我们在那个炎热得处处流火的日子里,抬手触摸到这座陵墓的石墙,竟然感到了一种湿润的冰凉的寒意,感到石墙在青苔的掩饰下做着一个灰色的梦,这个梦以凤阳花鼓为背景音乐，主题是一个名叫朱元璋的皇帝。我们的鼻腔里钻进了一股浓郁的青草或者树叶默默腐烂的气味，这气味通常要到秋天的野外才能闻到，但在明孝陵，腐烂的同时又是美好的季节提前来到了。

所以我说，那天我在明孝陵突然撞见了南京的灵魂。

十八岁离开家乡之前，我去过的最远的城市就是南京。那是一次特殊的旅行，当时有来自江苏各地的数百名中学生聚集在建邺路的党校招待所里，参加一个大规模的中学生作文竞赛。三天时间，一天竞赛，一天游览，一天颁奖。现在我已经忘了那三天的大部分细节了，因为我名落孙山，没有资格品尝少年才俊们光荣的滋味，相反的我记得离开南京时闷热的天气，朝天宫如何从车窗外渐渐退去，白下路太平南路上那些大伞般的梧桐树覆盖着寥落的行人和冷清的店铺，这是一座有树荫的城市。它给我留下了非常美好的印象，后来我们一大群人在火车站前的广场候车，忽然发现广场旁边的一大片水域就是玄武湖。不知是谁开了头，跑到湖边去洗手后，大家纷纷效仿，于是一群中学生在玄武湖边一字排开，洗手。当时南京的天空比现在蓝，玄武湖的水也比现在清，我记得那十几个同伴洗手时泼水的声音和那些或者天真或者少年老成的笑脸。二十多年过去以后，所有人手上的水滴想必已经了无痕迹，对于我，却是在无意之中把自己的未来融进了一掬湖水之中。除了我，不知道当年那群中学生中还有谁后来生活在南京？

这是一个传说中紫气东来的城市，也是一个虚弱的凄风苦雨的城市，这个城市的光荣与耻辱比肩而行，它的荣耀像露珠一样晶莹而短暂，被宠信与被抛弃的日子总是短暂地交接着，后者尤其漫长。翻开中国历史，这个城市作为一个政权中心作为一国之都，就像花开花落那么令人猝不及防，怅然若失。这个城市是一本打开的旧书，书页上飘动着六朝故都残破的旗帜，文人墨客读它，江湖奇人也在读它，所有人都感觉到了这个城市尊贵的气质，却不能预先识破它悲剧的心跳。八百年前，一个做过乞丐做过和尚的安徽凤阳人朱元璋，在江湖奋斗多年以后，选择了应天作为大明王朝的首都，南京在沉寂多年后迎来了风华绝代，可惜风华绝代不是这城市的命运，很快明朝将国都迁往北京，将一个未完成的首都框架和一堆王公贵族的墓留在了南京。一百多年前，一个来自广东的"拜上帝会"的不成熟的基督徒洪秀全，忽然拉上一大帮兄弟姐妹揭竿而起，一路从广西杀到南京，他也非常宿命地把这个城市当作太平天国的目的地，可是这地方也许有太平就无天国，也许有天国就无太平，一个湖南人曾国藩带着来自他家乡的湘军战士征伐南京城，踏平了洪秀全的金銮梦。

迷信的后人有时为明朝感到侥幸，即使是建文帝的冤魂在诅咒叔叔朱棣的不仁不义的同时，也应该感激朱棣的迁都之举，也许这一迁都将朱明江山的历史延长了一百年甚至二百年。

多少皇帝梦在南京灰飞烟灭,这座城市是一个圈套重重的城市,它从来就不属于野心家,野心家们对这王者之地的钟爱结晶是自讨苦吃。似乎很难说清楚这城市心仪谁属于谁,但是它不属于谁却是清楚的。

如今我已经在南京生活了多年。选择南京作为居留地是某种人共同的居住理想。这种人所要的城市上空有个灿烂的文明大光环,这光环如今笼罩着十足平民的生活。这城市的大多数角落里,推开北窗可见山水,推开南窗可见历史遗迹。由于不做皇帝梦,不是什么京城,所以城市不大不小为好,在任何时代都可徒步代车。这一类人不爱繁华喧闹也不爱沉闷闭塞,无法拥有自己的花园但希望不远处便有风景如画的去处。这类人对四周的人群默默地观察,然后对比自己,得出一个结论,自己智商超群精明强干,而他们淳朴厚道容易相处。这类人如果是鱼,他们发现这座城市是一条奔流着的却很安宁的河流。无疑地，我就属于这样的人，我身边还有很多朋友，他们的职业几乎都是一种散漫的自我中心的职业，写作，绘画，他们在这里生活得非常自得，这局面似乎是一种不劳而获的胜利，皇帝们无奈放弃的城市，如今成了这类人的乐园。

除了冬夏两季的气候遭到普遍的埋怨，外来者们几乎不忍心用言辞伤害这个城市平淡安详的心。中山陵在游客的心目中永远处于王者地位。当你登上数百个台阶极目远眺，方圆十里之内一片林海，绿意苍苍，你会承认当年料理孙先生后事的班子是一个"感觉很好"的班子。这是一个最适合于伟人灵魂安息的地方。在和平的年代里，紫金山与长江不必是御敌的天然屏障，它们因此心情愉快，尽职尽力地使身边的城市受到了山水的孕育，也使这个城市的上空蒸腾着吉祥的氤氲之气。革命与奋斗过后，南京城总是显得很休闲的样子，而东郊的森林好像一只枕头，一个城市靠在这枕头上,以一种自得的姿势开始四季酣畅的午后小憩。

午后小憩过后,在南京的街巷里,一些奇怪的烤炉开始在街角生火冒烟,无数的小店主与鸭子展开了遍布全城的战役,他们用铁钩子把一只只光鸭放进炉火之中,到了下午,几乎每条街巷都能闻见烤鸭的香味。黄昏时分,当骑车下班的家庭主妇们在回家途中顺便准备一家的晚餐,那些油光光的烤鸭和先期制造好的盐水鸭以及鸭肫鸭头鸭脚之类的,一个庞大的鸭家族已经在各家熟食店的橱窗里恭候她们的挑选了。不知道南京人一年要吃掉多少鸭子,还有鹅。

我记得一九八四年初到南京,在一所学院工作,我的宿舍后面是河西通往城西干道的一条辅路,每天清晨都能听见鸭群进南京的喧闹声,年复一年的,那么多鸭子顶着霞光来到南京,为一个城市永恒的菜单奉献自己,这也是地球上独一无二的传奇。是鸭的传奇,也是南京人的传奇。我从来无意去探究其中的起源,但无意中读到一个意大利人的小说，写一个没落潦倒的贵族家庭设宴招待一个贵宾，主人所想到的第一道菜便是鸭肉，我不禁会意地笑了，看来鸭子成为这个城市的朋友不是偶然的，勉强也好，自然也好，食物里面确实是可以拉出一条文化的线索的。

世纪末急剧推进的全球化浪潮使每个地方的日常生活趋于雷同，但有时候一只鸭子也能提醒你，一个城市有一个城市的缅怀和梦想。

直到现在，许多朋友提及的南京幽胜这地我还没去过，但一个人如果喜欢自己的居住地，他会耐心地发现这地方一草一木的美丽。以前还算年轻的时候，每年夏天我会和朋友去紫霞湖或者前湖游泳，那两座湖，一个能看见中山门城墙，一个面向着紫金山。我记得在紫霞湖那次夜泳，是八月将尽的时候，一群朋友骑着自行车闯到了湖边。人在微冷的水中漂浮，抬眼所见是黑蓝色的夜空和满天的星斗，耳边除了水声，便是四周树林在风中沙沙作响的声音，你能听见自己呼吸的声音,似乎也能听见湖边的草木和树叶的呼吸,一颗年轻的心突然便被这城市感动了,多么美好的地方,多么安宁的地方,我生活在这里,多好!

这份感动至今未被岁月抹平,因此我无怨无悔地生活在这个历史书上的凄凉之都,感受一个普通人在这座城市里平淡而绚烂的生活。我仍然执着于去发现这座城市——但众所周知,这座城市不必来发现我了。

# 南方是什么

好多年前的一个下午,我在一座火柴盒似的工房的三层楼上眺望着视线中一条狭窄的破旧的小街,这是我最熟悉的穷街陋巷之一,也是多少年来被市政建设所遗忘的一条小街——一条没有建设必要的小街,它的一头通往一座清代同治年间修建的石拱桥,另一头通往近郊的某某大队的农田和晒谷场(六七十年代),或者通往新的环城公路和一片新兴的混杂着国有企业村办企业的工厂区（八十年代）。我在午后的阳光中眺望那条小街时忽然记起我小时候是怎么走过那里去我母亲所在的工厂食堂吃午饭的，我记得桥下的公共厕所，小街从这头到那头的大多数人家的家庭主妇和与我同龄的孩子，我记得他们在路人的视线里伏在餐桌前吃午饭的情景。令我感叹的是好多年过去了，公共厕所还在那里，石子路铺上了水泥，但路面还是那么狭窄而湿漉漉的，人们还是享受着狭窄带来的方便，非常轻易地就可以把晾衣服的竹竿架在对邻的房顶上，走路和骑自行车的人仍然在被单、毛线、西装、裤子甚至内衣下面穿行，这是我最熟悉的小街的街景，紊乱不洁的视觉印象中透出鲜活的生命的气息。一些老人一定已经死了，大多数人还活着，大多数人在小街上养育着儿女甚至儿女的儿女。小街的日常生活一切依旧，就像一只老式的挂钟，它就那么消化一个轰轰烈烈的时代，消化着日历上的时间和新闻报道中的事件，它的钟摆走动得很慢，却镇定自若,这钟摆老气横秋地纠正着我脑子里的某种追求速度和变化的偏见:慢,并不代表着走时不准,不变,并不代表着死亡。

那天下午我突然听到了一条南方小街的生存告白,这告白因为简洁而生动,因为世俗而深刻,我被它的莫名其妙的力量所打动:

> 我从来没有如此深情地描摹我出生的香椿树街,歌颂一条苍白的缺乏人情味的石子路面,歌颂两排无始无终的破旧丑陋的旧式民房,歌颂街上苍蝇飞来飞去带有霉菌味的空气,歌颂出没在黑洞洞的窗口里的那些体形瘦小面容猥琐的街坊邻居。我生长在南方,这就像一颗被飞雁衔着的草籽一样,不由自己把握,但我厌恶南方的生活由来已久,这是香椿树街留给我的永恒的印记。

这是我在那年夏天写的一部中篇小说《南方的堕落》中的开头部分。现在我应该解释它,可我发现我让自己陷入了困境，我在自己的写作中发现了一种敌意，这种敌意针对着一个虚构的或现实中的处所：南方。南方是什么？南方代表着什么？而我所流露的对南方的敌意又意味着什么呢？

也许首先来自对回忆本身的敌意。人们在回忆之前通常会给自己的回忆规定一种情感立场，粉饰性的美好的戚伤的，或者冷静的客观的力求再现历史的，而我恰好选择了一种冷酷得几乎像复仇者一样的回忆姿态。这是一种偏执的难以解释的敌意。我的所谓南方生活仅仅来自我个人的生活与某个地点的关系的机械的划定，我的南方是一条横亘在记忆中的六十年代七十年代的街道，而我当时是个孩子。一个孩子对周围世界的认识是模糊的，同时也是不确定的，如果说人们对事物的敌意来自此事物对你潜在的或者明显的伤害，我现在却不能准确地描写这种伤害的细节，因此我怀疑这份敌意可能是没有理由的。

所有借助于回忆的描述并不可靠，因此不值

得信任，就像我在某篇文章中提及我的一个小学老师，我一直认为我对她的记忆非常深刻，我以为我在还原一个过去的人物，可是甚至她的籍贯和家庭背景后来都被我的其他小学老师证明是错误的，唯一准确的是我对她外形面貌的描述。一个事实有时让你恐慌，可靠的东西存在于现实之中，却不存在于回忆之中，如此我不得不怀疑我的敌意了，这敌意其实也不可靠。我也不得不怀疑我的南方，它到底在哪里，我有过一个南方的故乡吗？

大家所崇敬的阿根廷作家博尔赫斯恰好有一个美妙无比的短篇小说，名字就叫《南方》。"谁都知道里瓦达维亚的那一侧就是南方的开始。"在这篇小说里，南方是从一个地名开始延伸其意义的，而病病歪歪的主人公达尔曼与他手中的《一千零一夜》以及"南方"形成一个孔武有力的三角关系，支撑着作家所欲表达的所有思想空间。达尔曼来到南方，《一千零一夜》始终无法掩盖残暴的冰冷的现实，在杂货铺里，有人向病中的达尔曼扔面包心搓成的小球,于是一个世界上最不适合决斗的人不得不接受一把冰冷的匕首。

南方的意义在这里也许是一种处境的符号化的表达。

我的南方在哪里呢?我对南方知道多少呢?

在我从小生长的那条街道的北端有一家茶馆,茶馆一面枕河,一面傍桥,一面朝向大街,是一座老旧的二层木楼,很长一段时间里,我像一个善于取景的电影导演一样把它设置为所谓南方的标志物。我努力回忆那里的人们,烧老虎灶的起初是一个老妇人,后来老妇人年岁大了,干不动了,来了一个新的经营者,也是女的,年轻了好多,两代女人手持铁锹往灶膛里添加砻糠时的表情惊人地相似,她们皱着眉头,嘴里永远嘀咕着发着什么牢骚,似乎埋怨着生活,似乎享受着生活,她们劳动的表情是我后来描写的南方女性的表情的依据。更重要的参照物是一些坐着说话的人,坐在油腻的八仙桌前用廉价的宜兴陶具喝茶的那些人，曾经被我规定为最典型的南方的居民，他们悠闲、琐碎、饶舌、扎堆，他们对政治和国家大事很感兴趣，可是谈论起来言不及义鼠目寸光，他们不经意地谈论饮食和菜肴，却显示出独特的个人品位和渊博的知识，他们坐在那里，在离家一公里以内的地方冒险、放纵自己，他们嗡嗡地喧闹着，以一种奇特的音色绵软的语言与时间抗争，没有目的，没有对手，自我游戏带来自我满足，这种无所企望的茶馆腔调后来也被我挪用为小说行进中的叙述节奏。

可是比虚构更具戏剧性的是事物本身，就是前面所说的这家茶馆，就好像是一些不负责任的小说和电影处理一个重要场景一样，茶馆最后付之一炬。一九九〇年春天，也就是在我写《南方的堕落》前的几个月前，那家茶馆非常突然而无法补救地失火倒塌了。我回到家乡的时候看见的是一片废墟。我在茶馆的废墟上停留的时候感觉到某种失落，可是我的失落不是针对一座茶馆的消亡，而是源自一个写作蓝本的突然死亡，我的哀悼与其说是一人对一物的哀悼，不如说是一个写作者对一个象征一个意象的哀悼。

如果说那座茶馆是南方，这个南方无疑是一个易燃品，它如此脆弱，它的消失比我的生命还要消失得匆忙，让人无法信赖。我怀疑我的南方到底是什么？南方到底在什么地方？

我对我经常描述的一条南方小街的了解到底有多深呢？我对它的固执的回忆是否能够随着时间的流逝触及南方的真实部分呢？

我的头脑中现在一一闪现的仍然是前面那条小街的景物。很抱歉我要说小街上的另一个公共厕所。这个厕所的历史非常短促，我记得小时候它不存在，它所在的位置原先应该是一块空地，空地后面的人家长年地在那里种一些小葱和鸡冠花之类的东西。有一年厕所出现了。一个简陋的南方常见的街头公共厕所，但是修建得十分匆忙，里面的水泥地面甚至都没有抹平便投入使用了，这个厕所对附近的居民充满了善意，只是无人管理，因此很脏也很臭。这是一个特殊的有着某种危险的厕所，因为它面对着附近的一个居民小区，从小区的高楼上可以清晰地看见如厕人的面貌甚至如厕的姿势，所以对于使用厕所的人和小区高楼阳台上的居民来说，厕所造成了双重的尴尬。而我作为一个写作者，当我在住所的阳台上眺望小街风景时，我怎么也无法忽略厕所的存在，我的目光注定是不平静的，一种暧昧不洁的观察导致了一种更加难以表述的厌恶感和敌意。这厌恶感和敌意不仅仅是生理上的，也因为那间厕所造成了我忠实记录小街风情的一大障碍。所幸的是这厕所也一样不能逃脱它灭亡的命运，不同于茶馆的焚毁，这间不必要存在的厕所后来被人填平了，填平以后又在原址上盖了一间房子，后来我发现有一对年轻的夫妇住在那房子里，有时候我从那里经过的时候，从窗户里看见那对夫妇坐在里面看电影。我感到很高兴，这几乎是小街多少年来最大的一次改变了，这改变的意义对于我来说是特殊的，我走过那里的时候回想这块空地多少年来的变化，突然发现了类似博尔赫斯的《南方》中的三角支撑：小葱鸡冠花、公共厕所、年轻夫妇的家，这是一个关于小街回忆的三角支撑，由此我依稀发现了我所需要的南方的故事。

可是这是南方吗？我同样地表示怀疑。我所寻求的南方也许是一个空洞而幽暗的所在，也许它只是一个文学的主题，多少年来南方屹立在南方，南方的居民安居的南方，唯有南方的主题在时间之中漂浮不定，书写南方的努力有时酷似求证虚无，因此一个神秘的传奇的南方更多地是存在于文字之中，它也许不在南方。

我现在仍然无数次地走过那条小街，好多年过去以后我对这条小街充满了敬畏之情，这是一只飞雁对树林的敬畏，飞雁不是树林的主人，就像大家所说的南方，谁是南方的主人？当我穿越过这条小街的时候我觉得疲惫，我留恋回忆，我忍不住地以回忆触摸南方，但我看见的是一个破旧而牢固的世界，这很像《追忆逝水年华》中盖尔芒特最后一次在贡布雷地区的漫步，"在明亮的灯光下世界是多么广阔，可是在回忆的眼光中世界又是多么的狭小！"而一个作者迷失在南方的经验又多么像普鲁斯特迷失在永恒与时间的主题中。

瓦尔特·本雅明说得好："我们没有一个有时间去经历命中注定要经历的真正的生活戏剧。正是这一缘故使我们衰老。我们脸上的皱纹就是激情、恶习和召唤我们的洞察力留下的痕迹。但是我们，这些主人，却无家可归。"

是的，我和我的写作皆以南方为家，但我常常觉得我无家可归。

# 南腔北调

二十世纪八十年代初,我在北京求学。初次离开父母尝试异乡客的滋味,诸多困难其实都不算困难,唯一让我痛苦的是我的普通话常常让北方同学笑话。我突然发现我说话很不利索。

第一个寒假后返回大学,我好心好意拿出家乡的橘子让同宿舍同学品尝,一个东北同学脸上露出一种狡黠的笑容反问我:你请我们吃什么?

吃橛子？我说：怎么，你不喜欢吃橛（橘）子？那个同学大叫起来：你才爱吃橛子呢，是橘子，不是橛子！我一下子面红耳赤的，旁边有同学向我解释，橛子在东北一些地方方言中与排泄物意思一致。我讪讪而笑，对自己的语音从此有了痛楚的感觉。

后来我一直努力模仿北京同学说话，开始时舌头部位有点难受，渐渐就习惯了，不卷舌头反而不会说话。有个上海同学跟我常在一起，我总是批评他说话都是唇齿音，不懂卷舌。他当然不服气，说我乱卷舌，于是找一个北京同学来评判。我记得那个同学用同情的目光看着我们两个南方人，沉吟了一会儿说，你们说得还不错，不过听上去一个舌头长了点，一个舌头好像又短了一截！

我当然属于舌头短了一截的。就这样短着舌头说了几年话，毕业离开了北京。据我的几个朋友回忆，我初到南京的时候是说着一口京腔的，那大概不是恭维，因为我听出朋友们的潜台词，意思是说你到南京这么多年，普通话已大不如从前，已经很不标准了。我不以为然，我觉得只要我想说好就能说好，但事实证明我的自信没有根据。有一次一个十年未见的大学同学给我打电话，聊了一会儿他突然大叫起来，说：你的舌头怎么啦？我惊愕地反问道：我的舌头怎么啦？他说，怎么又向前蹿了，整个一个南蛮𠺕舌之人！

这个电话让我百感交集，我想这对于我大概是个无法置换的悲哀，我的舌头又出了问题！在经过了多少年风雨之后它回到了原先的位置，按照惯性在我的口腔里运动，我知道我现在说着一口无规无矩的南京腔加苏州腔的普通话。

或许这不是悲哀而是我的智慧。人类其实都一样，他们在漂泊的生活中常常适时地变换语言，人类永远比鹦鹉高明，这就是我们通常所说的南腔北调的由来。

# 沉默的人

许多年以前在一个朋友间的聚会上,我听见一位女孩这样评价我的一个寡言少语的朋友:他懂得沉默。女孩说这句话的时候眼睛里熠熠发亮,你可以从那种眼神中轻易地发现她对沉默的欣赏和褒奖,对于一个青年男子来说,那是一个多大的暗示。男人们总是格外重视来自异性的种种暗示,并以此来鉴别自己的行为。我亦如此,我一直自认为是一个沉默寡言的人,从那次聚会开始,我似乎不再为自己的性格自卑,在以后的生活中,我自由地顺从了自己的意愿,能不说话则不说话,能少说话则少说话。在沉默中我又一次次地观察别人,发现了许多饶舌的人,词不达意的人,热情过度的人,发现了许多语言泛滥热衷于舌头运动的人。这些发现使我庆幸,我庆幸自己是个沉默的人。我情愿不说话,决不乱说话;情愿少说话,也不愿说错话。

言多必失,这是中国的古训,也是我童年经历留下的一个深刻的印象。许多年前我还是一个小学生时,看见老师在操场上狠狠地踩一只皮球,因为心疼那只皮球,我像老妇人一样大叫起来:你是神经病啊,好好的皮球,为什么要把它踩瘪?老师勃然大怒,他一把抓住我的手往办公室里拎,边走边说:反了你了,你敢骂老师是神经病?我在办公室里罚站的时候后悔不迭,但后悔已经没用了。我并不认为老师是个神经病,但是那三个字已经像水一样泼出去了,它们已经无法收回。我只能暗暗发誓,以后就是有人把世界上所有的皮球踩瘪,我也不去管它了。

在许多场合我像葛朗台清点匣子里的金币一样清点嘴里的语言,让很多人领教了沉默的厉害。事实上很少有人把沉默视为魅力,更多的人面对沉默的人感觉到的是无礼或无聊。有时一个沉默的人去访问另一个性喜沉默的朋友,其场面会像一部三十年代的默片电影。坦率地说,我本人就经常与性格相仿的朋友在家里上演这种默片。等到对方告辞,两个人的脸上不约而同地掠过一种解脱的表情,一个下午或者晚上互相都觉得是在浪费时间。

但是时间和生活会改变一个人,这些年来我不由自主地体验着自身的变化。这种变化也许始于家庭生活的开始,也许始于几个"多嘴多舌"的朋友的影响,反正我现在开始大量地说话了。大量说话起初是出于需要:妻子需要与我讨论家事国事和其他有用无用的许多事;女儿需要我给她许多胡编乱造的神话故事,需要我给她解释街上广告和店牌的含义；几个谈锋锐利海阔天空的朋友说话时也需要我配合。我总不能无动于衷，光是在一边张着嘴嘿嘿地傻笑，光是点头称是，我总得发表一点自己的见解。渐渐地需要变成了习惯，不管是谁与我交谈，我总是争取比对方多说一些话。奇怪的是我在不停的说话中竟然获得了某种快乐，这快乐是从前与我无缘的，这快乐的感觉有点朦胧有点像拧开水龙头后水喷涌而出的快乐，也有点像铁树开花聋哑歌唱的快乐。话说多了有时会闹出笑话。有个朋友话多，有一次他问别人：明天礼拜几？别人告诉他：明天礼拜天。那朋友又问：礼拜天是星期几？在场的人一时都茫然不知。这是一个真实的笑话，但不知为什么，我一直认为那位朋友很可爱。话多至此，便是说话的人和别人大家的快乐了，即使是一个最沉默的人也会被这种快乐所感染，发出一声含蓄的笑声。

　　学会说话从某种意义上说就是学会生活。我记得几年前一位远方的客人来访，我怀着惴惴不安的心情与他交谈。客人临别时对我说：你很健谈。我先是惊讶，然后便是一种喜悦了。这种喜悦酷似一只雏鸟刚刚学会飞翔的喜悦。是的，是鸟就必须飞翔，是一个健康的人就必须说话，这就是生活。

生活当然不仅是说话，生活也包括沉默。有时我会怀着怅然之情回顾我的沉默的少年和青年时代，我会思考许多人之所以沉默的原因。我想，有些人沉默是因为不想说话，有些人沉默是因为不善说话，有些人沉默是因为不懂得说话。沉默的人以沉默对待生活，但沉默是一把锁，总会有一把钥匙来打开这把锁，这也是生活。

# 饶舌的益处

最近几年来我发现自己逐渐在变成一个饶舌的人。熟悉我的朋友也许注意到这个变化,他们会用各种方式表达对我的这种变化的看法。有的说:你以前很沉默的——言下之意是:现在哪来这么多废话?也有的更婉转,说:我觉得你的性格变了——变好了还是变坏了?没有说,肯定是让我自己去揣摩。

我也不知道是怎么了，年龄的增长带来一个不曾预料的生理变化，饶舌了。有过好几次奇妙的经验：与朋友高谈阔论的时候，竟然清晰地听见自己的声音在空中响亮而自信地回荡。这时候我不无伤感地意识到鄙人苏童不再是一个沉默的人了。很奇怪，当一个人不知道沉默是怎么回事，就再也不相信什么沉默的诗意和内涵了。以前眼中的美德现在被我一句话就庸俗化了，沉默是什么？就是一声不吭，一个屁也不放。就是这么说，心里多少有些虚，心里想这么胡乱攻击不免太不讲理，我既然成了个饶舌的人，总要找出饶舌的依据，更要找出饶舌的益处来。

很容易地找了个有说服力的依据：年龄也不小了，趁现在口齿清楚思维敏捷的时候多说一些，不要无端地为了保持沉默，到老了一边满怀肺气肿一边咳着老浓痰，向子孙唠叨一些不听老人言吃亏在眼前之类的话。我自己一向是不太欣赏老人言的，所以现在赶紧先说，饶舌也不怕。语言这东西就好在收放自如，说不好也不会有人给你开罚单，说不好就请大家批评。再说，上帝给你一张嘴，可不光是让你吃这个喝那个，也是让你说话的。你老是不说话，喜欢说话的人要是来对你说：沉默的人啊，我一张嘴不够用，你的嘴既然闲着，就借给我用吧。要是有人提出这个要求，你还真没有什么正当理由拒绝他。

那么饶舌的益处是什么？这厢也编造成功了。饶舌最大的益处是保持身心健康，不知有多少科学资料显示：郁郁寡欢的人死得早。光是倾听就没有交流，不交流的人热爱倾听就更危险，这就像一只不停地充气的气囊，再结实也逃脱不了爆炸的命运。我想我凭什么要做一只充气囊，我情愿做一只打气筒。我认为饶舌是一种释放，有点像汽车尾气，尾随你身边的人不舒服，但你为了自身的健康可以自私一些，先让自己舒服了再说。

当我逐渐变成一个饶舌的人后，才发现语言是多么美好的东西，即使是一些粗俗的脏话，只要说出来，只要不藏在肠胃中，多少会有几分动人之处。当然这也是饶舌者的自我感觉。自我感觉良好，以为自己对世界很有帮助，是饶舌者最大的优点也是最大的缺点。

# 父 爱

关于父爱,人们的发言一向是节制而平和的。母爱的伟大使我们忽略了父爱的存在和意义,但是对于许多人来说,父爱一直以特有的沉静的方式影响着他们。父爱怪就怪在这里,它是羞于表达的,疏于张扬的,却巍峨持重,所以有聪明人说,父爱如山。

前不久在去上海的旅途上带了一本消遣性的

杂志乱翻，不经意翻到了一篇并非消遣的文章，是一个美国人记叙他眼中的父爱的。容我转述这个关于父爱的故事，虽说是一个美国人的父亲，但那个美国父亲多少年如一日为儿子榨橙汁的细节首先让我想到我的父亲。我父亲则是几十年如一日地早起，为儿女熬粥，直到儿女一个个离开家庭。我一直在对比中读这篇文章，作者说他每次喝光父亲榨的橙汁后必然拥抱一下父亲，对父亲说一声我爱你，然后才出门。那个美国父亲则接受儿子的拥抱和爱，什么也不说。拥抱在西方的父子关系中是一门必备课，我从来就没拥抱过我的父亲，但我小时候每天第一眼看见父亲时必然会例行公事地叫一声：爸爸。到我长大了一些，觉得天天这么叫有点烦人，心想不叫你你还是我爸爸，有时就企图蒙混过关。但我父亲采取的方式是走到你前面，用手指指着自己的鼻子，我就只好老老实实一如既往地叫：爸爸。奇怪的是那美国儿子与我一样，他说他有一天也厌烦了这种例行公事的拥抱，喝了父亲的橙汁径直想溜出去，那个美国父亲就把儿子挡在门前了，说：你今天忘了什么吧？这时候我仍然在对比，我想换了我就顺势说，谢谢你提醒我，然后拥抱一下了事。但美国的儿子毕竟与中国的儿子是不同的，他想得太多要得也太多，贸贸然提出了一个非常强硬的问题，说：爸爸，你为什么从来不说你爱我？这个美国儿子逼着他父亲说那三个字，然后文章中我感动的细节就出现了：那个父亲难以发出那个耳熟能详的声音，当他终于对儿子说出"我爱你"时，竟然难以自持，哭了出来！

　　我读到这儿差点也哭了出来，我仍然在对比我所感受的父爱。我想我永远不会逼着我父亲说"我爱你"，我与那个美国儿子唯一不同的是，知道就行了。父爱假如不用语言，那就让我们永远沐浴这种无言的爱吧。

# 苍老的爱情

我相信爱情。历代以来与爱情有关的浓词艳篇读了不少,读到的大多是爱情的缠绵、爱情的疯狂、爱情的诞生和爱情的灭亡。我今天的话题与此无关,是关于爱情的平淡、老迈,说的是一种白发爱情,它不具备什么美感,也没有悬念和冲突,被唯恐天下不乱的文人墨客有意无意地疏漏了,但我肯定这么一种爱情随处可见,而且接近于人们说的永恒。我建议你在左邻右舍之间寻找，而且我建议你排除那些年轻的如胶似漆的爱侣，请将目光集中在那些老朽的夫妇之间，说不定就找到了那一对。

读者朋友能听出来我这里有一对经典。确有经典在此，是我的邻居，现在已经去世多年了。

从我记事起他们就不再年轻了，他们的两个女儿都已出嫁。我记得那个妻子身材高大，看得出来年轻时候是个美人，而丈夫个子比妻子要略矮一些，但眉目也很端正。许多晴朗的日子里他们出现在街上，妻子端着一盆衣服去井边洗衣，丈夫就提着一只水桶跟在后面，妻子用手拍打阳光下的棉被，丈夫就从家里出来，递上一只藤编的拍子。有一次我亲眼看到他们的女儿带着自己的丈夫孩子回娘家，小孩在外面敲门，大声喊叫：外公外婆快开门！门内就响起一阵杂沓的脚步声，门开了，我看见那对老夫妻的脸，两张笑脸，一张在门的左侧，一张在门的右侧，我惊讶地发现那对老夫妻笑起来嘴角都往右边歪。

但如出一辙的笑容不足以说明老人的爱情。一切都发生在老妇人去世那天。

人总难逃死亡之劫,但老妇人死得突然,是心肌梗死。街上的邻居在为老妇人之死悲叹的同时也为那个做丈夫的担心,说:她这一走让老头子怎么办?老头子能怎么办?他只是默默地守着妻子的遗体,去吊唁的人都看见了他的表情,没有想象中那么悲痛,他只是坐在那里,平静地守着他的妻子,他最后的妻子。到了次日凌晨吊唁的人们终于散尽时,邻居们听见两个女儿再次恸哭起来,他们以为是亡母之痛的又一次爆发。到了清晨,人们看见老夫妻的女儿在家里搭起了另外一张灵床,因为他们的父亲也去了!

这不是我编造的小说,是真事,我所认识的一个老人紧随亡妻一起奔赴天国。女儿说父亲死的时候一直是坐着,看着母亲,后来他闭上了眼睛。他们以为他是睡着了。谁能想到一个人的死会是如此轻松如此自由?

所有的人都为这个做丈夫的感到震惊。是无

疾而终吗？不对，依我看老人是被爱情夺去了他剩余的生命，有时候爱情是一种致命的疾病。我从此迷信爱情的年轮，假如有永恒的爱情，它一定是非常苍老的。

# 薄　醉

第一次醉酒是在大学期间，当时大家都下河北山区植树劳动。一天几个同学嘴馋了，结伴去县城一家小饭馆打牙祭，有人说：来一瓶酒，有酒才是好饭。结果就来了一瓶酒。

酒是当地小酒厂出产的高粱酒，名字却叫个白兰地。第一次品酒，我竟然品出了醇厚的酒味，说：这是好酒呀！同学都附和。再加上古典文学老师在讲解李清照词"薄醉"一词中声情并茂言传身教的,给我留下了美好的印象。我便有点贪杯,直奔薄醉的目标而去。令人惊喜的是走出小饭馆时我果然薄醉,脚步像是踩在棉花上,心情无比轻快,嘴里就叫起来:薄醉了,薄醉了!

谁能想到在走上社会大酒席之后,经常喝酒喝酒喝酒,却再也没有品尝到薄醉后的惬意,而且竟然怕酒!我至今不知道问题出在何处,只是很畏惧那个酒文化,还有从酒文化中衍生出来的劝酒文化。什么是劝酒文化?说白了就是让你多喝直至喝到呕吐的规矩方圆和礼仪风俗。

有一次随一个参观团去苏北,沿途经过六地。当地接待方一样的热情如火,每地停留两天,每天必喝两次酒。此地酒文化盛行,劝酒文化更加灿烂。每顿饭必须或者至少举杯三次,每举一次必须连饮三杯,因此你若是尊重地主、讲究礼仪的人,一场酒喝下来就是九杯酒在肚,这只是基础。劝酒文化之丰富多彩,不会让你只喝九杯，因此有同姓喝三杯，同乡喝三杯，同龄喝三杯，甚至有都是男性喝三杯的壮观场面。我记得我就是被这种场面吓坏了酒胆，尽管我期望能沐浴在酒文化的关怀中，并且接受它的考验。无奈酒量有限，十几杯下去只好摸着翻江倒海的肚子冲向厕所，一醉方休万事忘的美境可望而不可即，只好来个一吐方休了。

渐渐地就开始怕酒，怕也正常，不正常的是有时又馋酒，偶尔地喝几杯，喝得总是没什么诗意，纳闷李太白怎么就能斗酒诗百篇呢？偶尔地想起学生时代在河北那个县城小饭馆喝的白兰地，似乎有种怀念。但我知道，当年的薄醉不属于我了，年复一年的酒，喝起来滋味肯定是不同的。

# 说　茶

小时候家境清贫,母亲每次去茶叶店买茶叶,买回来的都是廉价的茶末子。我跟着大人胡乱喝茶。因此很长一段时间里我以为茶叶都是碎的,喝茶时就是要鼓起腮帮吹一吹杯中的碎末的,对于茶的认识概括起来只有一句话:茶是一种黄色的微苦的水,功能主要是解渴。

喝也无妨,不喝也无妨,这么浑浑噩噩地喝

了好多年茶。突然来了一个爱茶的朋友，登门先说：新茶上市了，你这儿有什么好茶品一品？我想当然地从抽屉中取出一袋茶叶，指着标签上的价格说：很贵的，是好茶。没想到朋友喝下这一口，脸上就露出尴尬之色，说：你是不是把茶叶和卫生丸放在一起了？又用同情的恨铁不成钢的眼神看着我说：这不是新茶，是陈茶！

感谢这个朋友几句话就粉碎了我的关于茶叶的常识，我从此懂得了茶叶有好坏之分新旧之别。当然我也知道了一个更实用的常识，茶叶不能和卫生丸放在一起！渐渐地开始明白那些谈论茶叶的朋友是在说什么，他们在说安徽茶、碧螺春、龙井茶。我知道他们在说什么了，可心里埋怨他们故弄玄虚，都是茶，都是绿的，哪来这么多的道道？

不记得是哪一年的一个春夜了，我泡了一杯刚刚上市的新茶解渴，就那么一口，突然对茶的美妙有了醍醐灌顶的顿悟，不禁想起毛泽东主席实践出真知的名言。新茶无可比拟的绿色，无可比拟的香气，果然就在手中，就在嘴里。从此放不下手中一杯清茗。

我不是茶商,不在这里替他们做什么宣传,但喝茶喝久了,似乎喝的不仅仅是茶味。想想现代人在水泥丛林中的日常生活,铁罐里的那些绿色的小东西是多么善解人意,玻璃水杯中那些绿色的芽尖提醒你这个世界还有山野,山野有云雾有太阳有雨水,提醒你这个世界还保留着一些绿色世界。假如你智商够高,你就知道与其保护街道上的树木和花园不如坚持喝茶,因为茶叶没人买,绿色不能卖钱,所以怎么呼唤绿色怎么保护树林其实都不保险。只有掏钱喝茶最保险,如此世界上至少还有茶园会被人们悉心照料着。有些茶客并不自知,自己是个好心的人,是个热爱环保的人,那我提醒你继续喝下去。好好地饮茶,当然不一定要昂贵的茶——你做了一件很有意义的公益事业,你消费了茶,就有人生产茶,有人生产茶就为这个世界保留了一块绿地。享受和功德合二为一,多么好的事情!而且我们大家都感谢你。

当然也要感谢我自己。

# 关于创作

# 你为何对我感到失望

曾经在书市上遇到一个特别的读者,他空手排在等待签名的队伍中,走到我面前时,他尖锐的目光盯着我,那种眼神使我感到莫名的紧张,然后我听见他说:你不该随便出来签什么名,我是你的读者,但是见到了你我觉得很失望。

我一直记得这个直率得令人恐怖的中年男子。使我震惊,使我恨不能立即找面镜子看看自己的模样。他的"失望"包含着什么样的内容？这是我一直想探询的事。

我不能面对读者对我的失望。我爱我的读者，因此在那个外地城市的一天我成了更加失望的人，而我却是对自己感到失望。我其实不知道那个读者对于我的观感，是我疲倦的表情还是僵硬的微笑使他失望，还是我的模样气质与作品名不副实使他产生了受蒙蔽的感觉？他却不说！我内心有了一种过失犯罪的感觉，这次经历使我后来对签名售书之类的活动避之唯恐不及。

亡羊补牢却难免百密一疏。可恨我这种人不是能够隐居的料子。不久前和几个作家同行去台湾，抵达第一天我们随几个熟识的朋友去茶馆闲坐，没说几句话，一个当地的女士就诚恳地告诉我，她对同去的某某作家很失望。她说，没想到他是这么沉默的人，像个老人！不知怎么我又有了犯错误的感觉，我想她的失望也一定适用于我，我想这到底是怎么回事，为什么一个作家出现在别人面前那么容易让人感到失望。事实证明我那天的联想并非是敏感,临要离开台湾的时候,一个几天来相处甚欢的记者朋友也用同样真诚的语气告诉我:告诉你,我们对你很失望哦!

这次我突然生气了。我不再有那种脆弱的对不起大家的感觉了,我突然意识到在这些失望的人面前我是无辜的,我突然觉得我不该对他们的失望负责。我想他们的失望在于某种期望,可是为什么要对一个陌生的未曾谋面的人有所期望呢。我假如是一棵梨树,别人把我看成一棵桃树,我不能因此责备自己。别人假如喜欢的是桃树,我作为梨树只能用外交辞令对那些失望的人说:非常抱歉,你看错了,我不是桃树,是一棵梨树。

我不知道我的这种经历是否涉及了一种人际关系,但我想人与人肌肤相亲并不是一件危险和可怕的事。任何人不必对他虚幻的期望负责,能让大家都喜欢你是幸运的,能让大家都讨厌你是不幸的,但是按照别人的期望呼吸、吃饭、说话、打哈欠是不必要的。一个人只能生活在自己的音容笑貌之中,即使它充满缺陷。我的天性总是使我在那些失望的眼神下面露出尴尬的微笑,但我想教唆一些年轻而勇敢的朋友,当有人对你说我对你很失望时,你可以这样回答他——

我对你的失望很失望。

## 我的读书生涯

很早以前,我读书几乎是不加选择的,或者是一部名著,或者是一部书的书名优美生动吸引我,随手拈来,放在床边,以备夜读所用。用这种方式我读到了许多文学精品,也读了一些三四流甚至不入流的作品。也有一些特殊情况,对某几部名著我无法进入真正的阅读状态。比如麦尔维尔的巨作《白鲸》,几乎所有欧美作家都倍加推崇，认为是习作者所必读的，但我把《白鲸》啃了两个月，终因其枯燥乏味，而半途而废，怅怅然地还给了图书馆。那是好几年前的事了，我以后再也没有重读《白鲸》。如果现在重读此书，不知我是否会喜欢。但不管怎样，我不敢否认《白鲸》和麦尔维尔的伟大价值。

令人愉悦的阅读每年都会出现几次。给我印象最深的一次是读塞林格的《麦田里的守望者》。那时我在北师大求学，一位好友向我推荐并把《守望者》借给我，我只花了一天工夫就把书看完了。我记得看完最后一页的时候教室里已经空空荡荡，校工在走廊里经过，把灯一盏盏地拉灭。我走出教室，内心也是一片忧伤的黑暗。我想象那个美国男孩在城市里的游历，我想象我也有个"老菲芯"一样的小妹妹，我可以跟她开玩笑，也可以向她倾诉我的烦恼。

那段时间，塞林格是我最痴迷的作家。我把能觅到的他的所有作品都读了。我无法解释我对他的这一份钟爱，也许是那种青春启迪和自由舒畅的语感深深地感染了我。我因此把《守望者》作为一种文学精品的模式，这种模式有悖于学院式的模式类型，它对我的影响也区别于我当时阅读的《静静的顿河》，它直接渗入我的心灵和精神，而不是被经典所熏陶。

直到现在我还无法完全摆脱塞林格的阴影，我的一些短篇小说中可以看见这种柔弱得像水一样的风格和语言。今天的文坛是争相破坏偶像的时代，人们普遍认为塞林格是浅薄的误人子弟的二流作家，这使我辛酸。我希望别人不要当着我的面鄙视他，我珍惜塞林格给我的第一线光辉。这是人之常情。谁也不应该把一张用破了的钱币撕碎，至少我不这么干。

现在说一说博尔赫斯。大概是1984年，我在北师大图书馆的新书卡片盒里翻到那部书的书名，我借到了博尔赫斯的小说集，从而深深陷入博尔赫斯的迷宫和陷阱里。一种特殊的立体几何般的小说思维，一种简单而优雅的叙述语言，一种黑洞式的深邃无际的艺术魅力。坦率地说，我不能理解博尔赫斯,但我感觉到了博尔赫斯。

我为此迷惑。我无法忘记博尔赫斯对我的冲击。几年以后我在编辑部收到一位陌生的四川诗人开愚的一篇散文,题目叫《博尔赫斯的光明》。散文记叙了一个博尔赫斯迷为他的朋友买书寄书的小故事,并描述了博尔赫斯的死给他们带来的哀伤。我非常喜欢那篇散文,也许它替我寄托了对博尔赫斯的一片深情。虽然我没能够把那篇文章发表出来,但我同开愚一样相信博尔赫斯给我们带来了光明,它照亮了一片幽暗的未曾开拓的文学空间,启发了一批心有灵犀的青年作家,使他们得以一显身手。

阅读是一件美好的事情。在阅读中你的兴奋点往往会被触发,那就给你带来了愉悦。那种进入作品的感觉是令人心旷神怡的。往往出现这样的情形,对于一部你喜欢的书,你会记得某些极琐碎的细节,拗口的人名、地名,一个小小的场景,几句人物的对话,甚至书中写到的花与植物的名称,女孩裙子的颜色,房间里的摆设和气味。

两年前我读了杜鲁门·卡波特的《在蒂凡纳进午餐》，我至今记得霍莉小姐不带公寓钥匙乱揿邻居门铃的情节，记得她的乡下口音和一只方形藤篮。

有一个炎热的夏天，我钻在蚊帐里读《赫索格》，我至今记得赫索格曾在窗外偷窥他妻子的情人——一个瘸子——在浴室里给赫索格的小女孩洗澡，他的动作温柔、目光慈爱，赫索格因此心如刀割。在索尔·贝娄的另一部作品《洪堡的礼物》中，我知道了矫形床垫和许许多多美国式的下流话。

卡森麦勒的《伤心咖啡馆之歌》我读过两遍。第一遍是高中时候，我用零花钱买了生平第一本有价值的文学书籍，上海译文出版社的《美国当代短篇小说集》。通过这本书我初识美国文学，也细读了《伤心咖啡馆之歌》。当时觉得小说中的人物太奇怪，不懂其中三昧。到后来重读此篇时，我不禁要说，什么叫人物，什么叫氛围,什么叫底蕴和内涵,去读一读《伤心咖啡馆之歌》就明白了。

阅读确实是一件美好的事情。

# 小说是灵魂的逆光

一

我们的文学逐渐步入了艺术的殿堂。今天我们看到为数不少的具有真正艺术精神的作家和作品涌现出来。这是一点资本,我们不妨利用这一点资本来谈谈一些文学内部和外层的问题。不求奢侈,不要过激。既然把文学的种种前途和困境作为艺术问题来讨论,一切都可以做得心平气和,每一种发言都是表现,这就像街头乐师们的音乐,每个乐师的演奏互相联系又相对独立,但是你看他们的态度都是宁静而认真的。

二

形式感的苍白曾经使中国文学呈现出呆傻僵硬的面目,这几乎是一种无知的悲剧,实际上一名好作家一部好作品的诞生在很大程度上有赖于形式感的成立。现在形式感已经在一代作家头脑中觉醒,马原和莫言是两个比较突出的例证。

一个好作家对于小说处理应有强烈的自主意识,他希望在小说的每一处打上他的某种特殊的烙印,用自己摸索的方法和方式组织每一个细节每一句对话,然后他按照自己的审美态度把小说这座房子构建起来。这一切需要孤独者的勇气和智慧。作家孤独而自傲地坐在他盖的房子里,而读者怀着好奇心在房子外面围观,我想这就是一种艺术效果,它通过间离达到了进入(吸引)的目的。

形式感是具有生命活力的，就像一种植物，有着枯盛衰荣的生存意义。形式感一旦被作家创建起来也就成了矛盾体，它作为个体既具有别人无法替代的优势又有一种潜在的危机。这种危机来源于读者的逆反心理和喜新厌旧的本能，一名作家要保存永久的魅力似乎很难。是不是存在着一种对自身的不断超越和升华？是不是需要你提供某个具有说服力的精神实体，然后你才成为形式感的化身？在世界范围内有不少例子。

博尔赫斯——迷宫风格——智慧的哲学和虚拟的现实；海明威——简洁明快——生存加死亡加人性加战争的困惑；纪德——敏感细腻——压抑的苦闷和流浪的精神孤儿；昆德拉——叛逆主题——东欧的反抗与逃避形象的化身。

有位评论家说，一个好作家的功绩在于他给文学贡献了某种语言。换句话说，一个好作家的功绩也在于提供永恒意义的形式感。重要的是你要把你自己和形式感合二为一，就像两个氢原子一个氧原子合二为一，成为我们大家的水，这是艰难的，这是艺术的神圣目的。

# 三

小说应该具备某种境界，或者是朴素空灵，或者是诡谲深奥，或者是人性意义上的，或者是哲学意义上的，它们无所谓高低，它们都支撑小说的灵魂。

实际上我们读到的好多小说没有境界，或者说只有一个虚假的实用性外壳，这是因为作者的灵魂不参与创作过程，他的作品跟他的心灵毫无关系，这又是创作的一个悲剧。

特殊的人生经历和丰富敏锐的人的天资往往能造就一名好作家，造就他精妙充实的境界。

我读史铁生的作品总是感受到他的灵魂之光。也许这是他皈依命运和宗教的造化，其作品宁静淡泊，非常节制松弛，在漫不经心的叙述中积聚艺术力量，我想他是朴素的。我读余华的小说亦能感觉到他的敏感他的耽于幻想，他借凶残补偿了温柔，借非理性补偿了理性，做得很巧妙很机警，我认为他有一种诡谲的境界。

小说是灵魂的逆光，你把灵魂的一部分注入作品从而使它有了你的血肉，也就有了艺术的高度。这牵扯到两个问题，其一，作家需要审视自己真实的灵魂状态，要首先塑造你自己。其二，真诚的力量无比巨大，真诚的意义在这里不仅是矫枉过正，还在于摒弃矫揉造作、摇尾乞怜、哗众取宠、见风使舵的创作风气。不要隔靴搔痒，不要脱了裤子放屁，也不要把真诚当狗皮膏药卖，我想真诚应该是一种生存的态度，尤其对于作家来说。

## 四

诗歌界有一种说法叫Pass北岛，它来自于诗歌新生代崛起后的喉咙，小说界未听过类似的口号，也许是小说界至今未产生像北岛那样具有深远影响的精神领袖。我不知道这种说法是好是坏，Pass这词的意义不是打倒，而是让其通过的意思，我想它显示出某种积极进取的倾向。

小说界Pass谁？小说界情况不同，无人提出这种气壮如牛的口号，这是由于我们的小说从来没有建立起艺术规范和秩序（需要说明的是艺术规范和秩序与百花齐放百家争鸣没有对应关系）。小说家的队伍一直是杂乱无章的，存在着种种差异。这体现在作家文化修养艺术素质和创作面貌等诸方面，但是各人头上一方天却是事实。同样地，我也无法判断这种状况是好是坏。

实际上我们很少感觉到来自同胞作家的压力。谁在我们的路上设置了障碍？谁在我们头上投下了阴影？那就是这个时代所匮乏的古典风范或者精神探求者的成功，那是好多错误的经验陷入泥坑的结果。我们受到了美国当代文学、欧洲文学、拉美文学的冲击和压迫，迷惘和盲从的情绪笼罩着这一代作家。你总得反抗，你要什么样的武器？国粹不是武器，吃里扒外也不是武器，老庄、禅宗、"文革"、"改革"，你可以去写可以获得轰轰烈烈的效果，但它也不是你的武器。有人在说我们靠什么走向世界？谁也无法指点迷津，这种问题还是不要多想为好，作家的责任是把你自己先建立起来，你要磨出你的金钥匙交给世界，然后你才能成为一种真正的典范，这才是具有永恒意义的。

## 五

  有一种思维是小说外走向小说内，触类旁通然后由表及里，进入文学最深处。具有这种思维的大凡属于学者型作家。

  我们似乎习惯于一种单一的艺术思维，恐怕把自己甩到文学以外，这使作家的经验受到种种限制，也使作家的形象在社会上相对封闭。在国外有许多勇敢的叛逆者形象，譬如美国诗人金斯堡六十年代风靡美国的巡回演讲和作品朗诵；譬如作家杜鲁门·卡波特和诺曼·梅勒，他们的优秀作品《冷血》《刽子手之歌》《谈谈五位女神之子》中的非小说的文字,他们甚至在电视里开辟了长期的专栏节目,与观众探讨文学的和非文学的问题。可以把这种意识称为有效的越位。它潜伏着对意识形态进行统治的欲望(至少是施加影响),它使作家的形象强大而完整,也使文学的自信心在某种程度上得到加强。

我想没有生气的文坛首先是没有生气的作家造成的,没有权利的作家是你不去争取造成的。其他原因当然有,但那却构不成灾难,灾难来自我们自己枯萎的心态。

# 短篇小说,一些元素

谈及短篇小说,古今中外都有大师在此领域留下不朽的声音。有时候我觉得童话作家的原始动机是为孩子们上床入睡而写作,而短篇小说就像针对成年人的夜间故事,最好是在灯下读,最好是每天入睡前读一篇,玩味三五分钟,或者被感动,或者会心一笑,或者怅怅然的,如骨鲠在喉。如果读出这样的味道,说明这短暂的阅读时间没有浪费,培养这样的习惯使一天的生活始于平庸而终止于辉煌,多么好!

当然前提是有那么多好的短篇可以放在枕边。

首先让我谈谈读霍桑《威克菲尔德》的感受,我觉得它给我的震撼不比《红字》弱小。一个离家出走到另一个街区的男人,每天还在暗中观察家人的生活,这样的人物设置本身已经让作品具备了不同凡响的意义。这个男人恐惧什么?这个男人在逃避什么?这个男人离家出走的直线距离不会超过一千米,但是我们作为读者会情不自禁地丈量他离社会的距离,离伦理道德的距离,这就是《威克菲尔德》的鬼斧神工之处。一个离家出走几百米的男人因此比许多小说描写的漂洋过海的离家出走的人更加令人关注。而老奸巨猾的霍桑却不想摧毁什么,他让威克菲尔德最后又回到了家里:"失踪后的第二十个年头,一天傍晚,威克菲尔德习惯性地朝他仍称为家的地方信步走去。"霍桑让这个人物"晚上不声不响地踏进家门,仿佛才离家一天似的"。就这样,在发出一种尖厉的令人恐慌的怪叫声后,霍桑也善解人意地抚慰了我们不安的感官,也扶正了众多紧张的良心和摇晃的道德之树。

辛格的令人尊敬之处在于他的朴拙的小说观,他总是在"人物"上不惜力气,固执己见地种植老式犹太人的人物丛林,刻画人物有一种累死拉倒的农夫思想,因此辛格的人物通常是饱满得能让你闻到他们的体臭。《傻瓜吉姆佩尔》就是他最具标志性的人物文本。与辛格相比,我们更加熟悉的大师福克纳一直是在用人类写作历史上最极致的智慧和手段为人类本身树碑立传。《献给爱米丽的一朵玫瑰花》被评论为是吸收了哥特式小说的影响,哥特式小说与伟大的福克纳相比算老几呢?这是众多热爱福克纳先生的读者下意识的反应,但这不是福克纳本人的反应,他是不耻下问的。我们所读到的这朵"玫瑰"最终是经过圣手点化的,所以它阴郁、怪诞、充满死亡之气,却又处处超越了所谓"艺术氛围",让人们急于探究爱米丽小姐的内心世界。她的内心世界就像她居住的破败宅第,终有一扇尘封之门,福克纳要为我们推开的是两扇门,推开内心之门更是他的兴趣所在。所以我们看见门被打开了,看到爱米丽小姐封闭四十年的房间,看见她的死去多年的情人的尸体躺在床上,看见枕头上的"一绺长长的铁灰色头发",我们看见爱米丽小姐其实也躺在那里,她的内心其实一直躺在那里,因为福克纳先生告诉我们那是世界上最孤独的女人之心。我们读到这里都会感到害怕,不是因为恐惧,而是为了孤独。

孤独的不可摆脱和心灵的自救是人们必须面对的现实,我们和文学大师们关注这样的现实。博尔赫斯的《第三者》不像他的其他作品那样布满圈套,这个故事简单而富于冲击力。《第三者》叙述的是相依为命的贫苦兄弟爱上同一个风尘女子的故事,所以我说它简单。但这篇的冲击在于结尾,为了免于不坚固的爱情对坚固的兄弟之情的破坏,哥哥的选择是彻底摆脱爱情,守住亲情，他动手结果了女人的生命。让我们感到震惊的就是这种疯狂和理性，它有时候成为统一的岩浆喷发出来，你怎能不感到震惊？令人发指的暴行竟然顺理成章，成为兄弟最好的出路！我想博尔赫斯之所以让暴力也成为他优雅精致的作品中的元素，是因为最优秀的作家无须回避什么，因为他从不宣扬什么，他所关心的仍然只是人的困境，种种的孤独和种种艰难却又无效的自救方法，这也是人类生活中最重要的细节。

沉重的命题永远是我们精神上需要的咖啡，但我也钟爱一些没说什么却令人感动令人难忘的作品。就像乔伊斯的《阿拉比》，这是《都柏林人》中的一篇。写的是一个混沌初开的少年的感情世界，也许涉及了少年的初恋，也许什么也不涉及。少年手里抓着一枚银币，夜里独自一人坐火车去远处的阿拉伯风格集市，他原先想买什么的，原先大概是准备送给"曼根的姐姐"什么的，但他辛辛苦苦到了集市，却什么也没买，而集市也已经熄灯了。这就是小说的主要内容。你可以作出种种揣摩，对作家的意图作出深层次的理解，但我想，对这样的作品，想象的补充是更加有趣的。想象一个少年夜里独自坐在火车上，想象他独自站在已经打烊的集市中的心情，回忆一下，你在那个年龄有没有类似的一次夜游，这也许更贴近了作家的本意。这也是对短篇小说的一种读解方法。同样的方法应该也适用于卡波特的《圣诞节忆旧》。严格地说这不像一篇虚构的小说，它很像一次无所用心的回忆，回忆作家幼年与一个善良而孩子气的老妇人苦中作乐过圣诞节的琐事。正因为无所用心而使叙述明亮朴素，所有悲伤全部凝结成宝石，在我们面前闪闪发亮。尤其是写到老妇人之死，作家是这样写的：又一个十一月的早晨来临了，一个树叶光光、没有小鸟的冬天早晨，她再也爬不起来大声说："这是做水果蛋糕的好天气！"应该说《圣诞节忆旧》不是一篇很著名的小说，但我确信读者会被这么一种散淡而诚挚的作品所感动，并且终生难忘。

我之所以喜爱雷蒙·卡佛，完全是因为佩服他对现代普通人生活不凡的洞察力和平等细腻的观察态度，也因为他的同情心与文风一样毫不矫饰。这篇《马笼头》里的农场主霍利茨是卡佛最善于描写的底层人物，破产以后举家迁徙，却无法在新的地方获得新的生活，最后仍然是离开，去了更陌生的地方。这个失意的不走运的家庭人搬走了，却留下了一副马笼头，让邻居们无法忘记他们的存在，也让我们感受到了这副马笼头散发的悲凉的气息。卡佛不是泛泛的"简单派"，因为他的节制大多是四两拨千斤，我们总是可以感受到他用一根粗壮的手指，轻轻地指着我们大家的灵魂，那些褶皱，那些挫伤，那些暧昧不清的地方，平静安详就这样产生了力量。

我并不认为张爱玲是在国产短篇小说创作中唯一青史留名者。我推崇《鸿鸾禧》，是因为这篇作品极具中国文学的腔调，是我们广大的中国读者熟悉的传统文学样板，简约的白话，处处精妙挑剔，一个比喻都像李白吟诗一般煞费苦心，所以说传统中国小说是要从小功夫中见大功夫的，其实也要经过苦吟才得一部精品。就像此篇中两个待字闺中的小姑子二乔和四美，她们为哥嫂的婚礼精心挑选行头。但张爱玲说，虽然各人都认为自己在婚礼中是最吃重的角色，但"对于二乔和四美，（新娘子）玉清是银幕上最后映出的雪白耀眼的'完'字，而她们则是精彩的下期佳片预告"。张爱玲小说最厉害的就是这样那样聪明机智的比喻，我一直觉得这样的作品是标准中国造的东西，比诗歌随意，比白话严谨，在靠近小说的过程中成了小说。因此它总是显得微妙而精彩，读起来与上述的外国作家的作品是不同的，这也是我推崇《鸿鸾禧》最充分的理由。

## 我看短篇小说

很多朋友知道,我喜欢短篇小说,喜欢读别人的短篇,也喜欢写。许多事情恐怕是没有渊源的,或者说旅程太长,来路已经被尘土和落叶所覆盖,最终无从发现了,对我来说,我对短篇小说的感情也是这样,所以我情愿说那是来自生理的喜爱。

谈短篇小说的妙处是容易的,说它一唱三

叹，说它微言大义，说它是室内乐，说它是一张桌子上的舞蹈，说它是微雕艺术，怎么说都合情合理，但是谈论短篇小说，谈论它的内部，谈论它的深处，确是很难的。因为一个用一两句话就能囊括的短篇小说会令人生疑，它值得谈论吗？相反，一个无法用简短的句子概括的短篇小说，同样也让人怀疑，它还是短篇小说吗？所以，短篇小说历来就让人为难，一门来自语言的艺术，偏偏最终使语言陷入了困境。

年底年前关门算账，有精明的会计替短篇小说的赤字算过账吗？

或者，是有一笔无头债务，只是没人知道是创作欠了评说的债，还是评说欠了创作的债，没人知道是一种体裁欠了文学集体的债，还是一个文学集体都欠了一个体裁的债，再或者，干脆可以质疑，是短篇小说的作者欠了短篇的债，还是短篇欠了创作者的债？

算账不容易，债务不清，再精明的会计也很容易算出个糊涂账。

"欠债是相互的"。短篇阵营内部对外部的关系,是否存在什么债务,傲慢属于谁,偏见属于谁,很难言说。这阵营的内部,从旧篇到新章,再从旧人到新人,倒是可以算账的。历史上最伟大的短篇小说作家博尔赫斯谈及霍桑的短篇小说《威克菲尔德》时,石破天惊地提到了弗兰兹·卡夫卡。《威克菲尔德》提前一百年"预先展示了卡夫卡,但卡夫卡修正提炼了对《威克菲尔德》的欣赏。欠债是相互的,一个伟大的作家创造了他的先驱。他创造了先驱,并且以某种方式证明他们的正确"。

以这种方法来看待"债务",让人豁然开朗,"欠债"也可以理解成一种馈赠了。自然,馈赠也是相互的,所有的霍桑都在创造未来的卡夫卡,所有的卡夫卡也在创造霍桑。所有的威克菲尔德最终将摇身一变,变为格利高里,变为土地测量员,而那个土地测量员有可能亲自拜访历史,测量威克菲尔德离家一条街隐居的地点,与他家的距离到底是多少米。博尔赫斯自己一定创造了某个先驱,而这个先驱一定会被未来的某个伟大的作家再创造。如此说来,短篇小说并没有什么单独的处境,它是与庞大的文学集体同呼吸共命运的,未来的所有《城堡》和所有《审判》,它们会出示一纸证明,来证明短篇小说的正确。

无论年前年底,其实我都没什么账可算,我只是在写一个序。突然想起很多年前,我在我就读的中学图书馆里借过一本书,图书馆的阿姨提醒我,这不是长篇,是短篇小说集,你借去可别后悔呀!我当时不知道是怎么回答她的,如果是现在,我会说,不后悔,短篇小说永远是正确的。

# 童年生活在小说中

先给大家说个故事，故事的时间：1910年10月28日凌晨5点。故事的地点：俄罗斯一个名叫波良纳的地方，小火车站上。人物，一个垂垂老矣的白胡子老人和他的私人医生，他们带着简单的行李，在小火车站寒冷的站台上，等待火车，为什么要这么仓促和狼狈？因为是离家出走！为什么那老人还有一个私人医生？因为那老人不是别人，是伟大的托尔斯泰！这个故事发生在托尔斯泰临终前七天，是他缺少故事的一生中最后一个故事，也是最壮烈的一个故事，八十多岁的老人，突然萌生了少年的勇气和激情，因为这次冒险的旅程来得太晚，他没有走完这旅程，因为受了风寒，他在火车上就病倒了，所以没有到达目的地，他在一个名叫阿斯塔波瓦的火车站下了车，七天后死在这个小火车站的站长家里，于是一个伟大的作家宁静的一生不平静地拉上了帷幕，这帷幕后面藏着什么样的故事呢？

托尔斯泰研究专家们给出的答案是有历史依据的。这故事听上去有点俗气，但是事实，说白了是跟妻子怄气，逃避家庭纠纷（为了他对一个名叫切尔特科夫的朋友的过分的信任，他把最后十年的日记交给了一个"骗子"，却不给妻子，他妻子索菲亚的愤怒似乎也情有可原）。按照这个故事的逻辑，这个伟大的作家是怄气怄死的，但是我们要研究的恐怕是另外一个被事件掩盖的事实，这个事实是暮年的托尔斯泰内心的事实，是临终前的一次冒险，是一次心灵的返老还童，我们甚至可以把托尔斯泰的这次出走看成是迟来的一次出走，它不是去寻找死亡，而是去寻找新生，他最后的足迹不是一个老人的足迹，恰好是一个孩子的足迹，在他生命的尽头，他对世界仍然是好奇的，也许没有妻子和骗子的阴影，没有多少世俗的愤怒和烦恼，有的是一颗探索世界的好奇心。

我们今天就要从好奇心开始，看看这伴随我们一生的好奇心，如何让我们延续了童年生活，让童年永恒，让文学永恒。

没有人能记得起自己的婴儿时期，但我们知道，每一个婴儿出生以后，总要睁开眼睛朝世界看一眼，医学专家说，这第一眼看了是白看，刚出世的婴儿由于没有光感，他们对外部世界的第一印象其实是模糊不清的。随着婴儿对光的适应和视力的自然调节，他们渐渐能看见母亲的脸，看见晃动的物体，后来能看见一个较为具体的童年世界。但是从严格的意义上说，不管是什么人,他们对世界的第一记忆,注定是丢失了的,是一种永恒的模糊,也是一种无法弥补的缺憾。没有人能真实地回忆婴儿时期对世界的第一次打量,他们到底看见了什么?我们现在所拥有的童年回忆,其实都跳过了第一次,不是残缺不全的,便是后天追加的,甚至是不折不扣的虚构的产物。

从某种意义上说,文学是延续童年好奇心的产物,也许最令作家们好奇的是他自身对世界的第一记忆,他看见了什么?在潜意识里,作家们便是通过虚构在弥补第一记忆的缺陷,寻回丢失的第一记忆,由于无法记录婴儿时期对世界的认知,他们力图通过后天的努力,去澄清那个最原始的最模糊的影像,最原始的大多也是最真实的,偏偏真实不容易追寻,即使是婴儿床边墙的颜色,也要留到好多年以后再作结论。

那么,一个婴儿看见了什么,意味着一个作家看见了什么吗?寻回对世界的第一次打量有意义吗?作家们是否有必要那么相信自己的童年呢？借助不确切的童年经验，作家们到底能获取什么？这是值得我们讨论的。

我们可以说，童年生活是不稳定的、模模糊糊的、摇摇晃晃的，一部优秀的文学作品却应该提供给读者一个稳定的清晰的世界，读者需要答案，而作家那里不一定有，这其中隐藏着天生的矛盾，一个清醒的作家应该意识到这种矛盾，然后掩饰这种矛盾，一个优秀的作家不仅能意识到这种矛盾，而且能巧妙地解决这种矛盾，解决矛盾的方法多种多样，但是有一点是共通的，那就是这些优秀的作家往往沉溺于一种奇特的创作思维，不从现实出发，而是从过去出发，从童年出发。不能说这些作家不相信现实，他们只是回头一望，带领着大批的读者一脚跨过了现实，一起去暗处寻找，试图带领读者在一个最不可能的空间里抵达生活的真相。

我举一个例子，是关于加西亚·马尔克斯的。在大家的印象中，他的所有作品都贴了一张魔幻现实主义的标签，是非凡的想象力的结果，在我看来，想象力不是凭空而来的，所有的想象力都有其来源，在马尔克斯这里，想象力是他一次次向童年索取事物真相的结果，在《百年孤独》《霍乱时期的爱情》以及大多数作品中，都有他潜入童年留下的神秘的脚印。

马尔克斯八岁以前一直是跟着外祖父母生活的，他常常说，他从他们那儿接受的影响是最为深刻坚实的。那是一座阴森恐怖的房子，仿佛常有鬼魂出没，据他说，《枯枝败叶》中上校的那座房子就是以此为母本的，还有《格兰德大妈的葬礼》中格兰德大妈的房子、《恶时辰》中阿希思一家的房子，还有《百年孤独》中布恩地亚一家的宅院，都是以此为母本。他是这样回忆童年时代的家："这座宅院的每一个角落都死过人，都有难以忘怀的往事。每天下午六点以后，人就不敢在宅院里随意走动了。那真是一个恐怖而神奇的世界，常常可以听到莫名其妙的喃喃私语。"紧接着他解释了六点钟的意义，"那座宅院有一间空屋，佩特拉姨妈就死在那里，另外，还有一间空屋，拉萨罗舅舅在那儿咽了气。一到夜幕四合时分，没有人敢在宅院里走动，是因为死人这时候比活人多。一到下午六点钟，大人就让我坐在一个旮旯里，对我说，'你别乱走乱动，你要是乱动，佩特拉姨妈和拉萨罗舅舅，不定谁就要从他们的房间里走到这儿来了！'所以，我那时候总是乖乖地坐着，我的第一部中篇小说《枯枝败叶》就塑造了一个七岁的男孩，他自始至终就一直坐在一张小椅子上。至今，我仍然觉得，那个小男孩有点像当时的我，在一座弥漫着恐怖气氛的宅院里，呆呆地坐在一张小椅子上。"

我们来看马尔克斯的这段自述，涉及的地点是明确的，是他外祖父母的宅院，涉及的时间貌似清晰，其实让人心存疑窦，为什么六点钟以后鬼魂就出来了呢？为什么六点钟以后鬼魂开始开会喃喃私语呢？在外祖父母家里，到底谁看见过真正的鬼魂呢？到底是小说中的小男孩像童年的马尔克斯，还是童年马尔克斯像那个椅子上的小男孩？这些都是连马尔克斯自己也无法确定的，但有一点可以确定，他借助这样回忆的方式，潜回童年时代，重温了一个意义非凡的姿势，这姿势就是一个七岁的孩子长时间地坐在一张小椅子上，坐在黑暗里，我们有足够的理由相信，成年后的马尔克斯应该不再害怕鬼魂，但他留恋最原始的恐惧心，我们说一个成年人的恐惧是具体的，有针对性的，针对人，针对物，针对命运和处境，甚至针对时间，而蒙昧的童年时代的恐惧却是混沌而原始的，针对的是所有已知和未知的世界，所以我们看见的是成年后的马尔克斯通过记忆，重新抢回了七岁时的那张椅子，在等待鬼魂的过程里重温了恐惧的滋味，鬼魂对成熟的读者来说仅仅是鬼魂，描述鬼魂对读者来说也许意义不大，但描述恐惧却是一项文学的任务，也是读者的需要。

我们从这个例子中可以清晰地看到马尔克斯是如何拜访消失的童年，利用一些确定的和不确定的童年记忆，抵达了一个非常明确的文学命题的核心——人的恐惧感。以下的图例也可以看作马尔克斯利用童年记忆完美解决前面所述矛盾的方式。

　　外祖父母的宅院——六点钟、黑暗——鬼魂——坐——恐惧

　　在马尔克斯的创作中,潜入童年还有一个秘密的动力,那是童年时代的好奇心容易得到简洁的答案,他喜欢用那种简洁的答案来回答他在现实生活中久思而不得的疑问,大家一定记得《百年孤独》中那个为自己织裹尸布的女子阿玛兰塔,那实际上是马尔克斯的一位姨妈。"我有这样一位姨妈,她是一个非常活跃的妇女,每天在家里总要干点什么事情。有一回,她坐下来织裹尸布了,于是我就问她:'您干吗要织裹尸布呢?'她回答说,'孩子,因为我马上就要死了。'这个织裹尸布的姨妈同时也是个极其智慧的善于解决问题的人,'有一天她在长廊上绣

花，忽然有一个女孩子拿了一个非常奇特的蛋走了过来，那蛋上有一个鼓包。那时候我们家简直像一个解谜答疑的问询处，镇上谁有什么难事都要来问个究竟，碰到谁也解不了的难题，总是由我这位姨妈出来应付，而且人们总是能得到满意的答复。使我最为欣赏的是她处理这类事情时从容不迫的坦然风度，她转脸朝那个拿着怪蛋的姑娘说，'你不是问这个蛋上为什么长了一个鼓包吗？啊，因为这是一只蜥蜴蛋，你们给我在院子里生一堆火。'等生好了火，她便泰然自若地把蛋扔进火里烧了。"这个姨妈进入小说后，摇身一变成为阿玛兰塔，她在长廊里绣花时，竟然与死神侃侃地交谈起来，非常乐观非常主动地参与自己的死亡。马尔克斯后来说："她（指这位姨妈）的从容不迫的坦然态度帮助我掌握了创作《百年孤独》的诀窍，我在这部小说里，也像我姨妈当年吩咐人把蜥蜴蛋扔进火里烧了一样，神色自然，从容地叙述着那些耸人听闻奇谲怪异的故事。"

在这里马尔克斯泄露了一部分写作天机，另外一部分需要我们来分析总结，关于姨妈的记忆不仅是用来塑造阿玛兰塔这个人物形象的，生活中有好多"为什么"的问题，作家不好回答，或者没有足够的把握来回答，但回答是不可回避的，于是马尔克斯用了这么一种方法，请出童年记忆中的人物，让他们出来说话，正如《百年孤独》中的阿玛兰塔，她的光彩不仅是以从容而浪漫的姿态面对死亡，更在于她用独特的方式解读死亡，我们从这些例子中也可以隐约地看出，马尔克斯用来回答生活中的"为什么"时，并不信赖哲学或者哲学家，他更信赖他的姨妈或者别的一位什么亲朋好友，我们也可以说，在马尔克斯大量地利用童年经验创作时，无意中也创造了一门童年哲学。因为有了这个所谓的童年哲学，形成了一座来往自由的桥梁，作者也好，读者也好，你可以从一个不完整的不稳定的模模糊糊的童年记忆中走到桥的那边去，桥那边有我们迷乱的现实生活，而我们的生活中所需要的一些答案也可以从桥这边走到桥那边去,一切都可以被引渡,一切都可以被置换,过去是回答现在最好的语言,简洁是对付复杂最好的手段,正如死亡是对生命的终极阐述,而我们记忆中的童年生活从某种意义上说,就是我们的现实生活。

我们的当代文学作品中,也有大量地利用童年生活而试图架构那座桥梁的作家和文本。余华的早期创作中很明显地可以看到他潜入童年的痕迹,他试图依赖儿童时代的视觉记忆建立一个叙述角度,在《星星》中他写了一个在地上写字的小男孩。我爱爸爸,我爱妈妈,这很正常,但那个小男孩念这行字是倒过来念的,变成爸爸爱我,妈妈爱我了,这就使得小说的这段细节妙趣横生,当然童趣不是小说的目的,这种对儿童的方向感的利用,其实背后隐藏着某种叙事的野心,试图获得一个反方向,以这个反方向作为一种动力,去建立角度,去推动小说的发展。余华对童年生活的敏感尤其表现在他对方向、方位、线段等物理单位的顽固记忆上,在《十八岁出门远行》中，那个青年已经十八岁，准备开始离乡远行的新生活，但他对外面世界的判断仍然是儿童式的以点和线为基础的，尤其是对于人、汽车和公路的表述其实可以看作对点、线和面的表述，"通往远方的公路起伏不止"，"像是贴在海浪上，我走在这条山区公路上，我像一条船"。这是典型的小男孩对公路的记忆方式，人和汽车是点，公路代表方向，也是一个面，这样的记忆方式被移植到这短篇小说中，不动用情感，却动用天然的无师自通的物理学方法和数学知识，试图概括外面的这个陌生的世界，小说中的青年在公路上看不到汽车，唯一遇见的一辆汽车，还被司机无情地拒绝了青年搭车的请求，你也可以看成是点与点之间的互相拒绝，导致线的无法连接，方向自然便失去了，旅程无法完成，这种孤独和恐慌被如此这般地渲染，产生了意外的说服力。有趣的是在他后来的短篇小说《黄昏里的男孩》中，那个偷苹果的小男孩和水果摊主人孙福的故事中仍然可以清晰地看见叙述的坐标，这坐标还是依赖于一条路,"这是一条宽阔的道路,从远方伸过来,经过了他身旁后,又伸向了远方"。——还是在利用童年视觉中对线的敏感,强调方向和线的形状,而作为小说中的两个人物,孙福和男孩,我们还是可以看作是两个点之间的连接,在这个故事里,两个点借助偷苹果的行为牢固地连接在一起,引发了一个关于惩罚的残酷的故事,孙福为了一个苹果,弄断了男孩的手指,带着他游街示众,在男孩无助地接受了孙福所有的惩罚之后,路又出现在他面前。"孙福走后,男孩继续躺在地上,他的眼睛微微张开着,仿佛在看前面的道路,又仿佛是什么都没有看。男孩一动不动地躺了一会儿,慢慢地爬起来,又靠着一棵树站了一会儿,然后他走上了那条道路,向西而去。"路在这里意味深长,这个略显残酷的故事,从人性意义上分析,可以说是一个人性的噩梦,但从另外一种角度上分析,它是一个男孩关于路的噩梦。借助一个男孩关于路的噩梦,作者带领读者体会了一个人性的噩梦。

在莫言的作品中，童年的记忆经验更是被无限放大的，我认为他作品中有一些符号是值得我们注意的，比如母亲的形象，比如一些昆虫，比如田野里的庄稼，都可以看作是童年经验在创作生活里得到了一次次的放大，首先放大的是童年时代的视觉刺激，它也给莫言带来了出人意料的叙述热情，母亲的形象是通过儿童目光塑造的，所以带有一个自然的仰视角度，因为这角度，母亲们都是丰乳肥臀，首先从她们的身体就是放大了的，相对来说这些乡村母亲的情感世界也随之放大，被放大的情感世界无论多么原始多么热烈，都显出了合理性，而莫言小说中一直有一个人畜世界，这世界里人与牲畜、庄稼、昆虫互相依赖，其中原因不仅在于那是农业社会的基本生活写照，也是来自于一个朴素而原始的视觉记忆，在莫言早期的小说《欢乐》中，孩子眼里的母亲，身上爬满了跳蚤，他的写法看上去是那么疯狂和离经叛道，"跳蚤在母亲紫色的肚皮上爬，爬！在母亲挤满污垢的肚脐里爬，爬！在母亲泄了气的破气球一样的乳房上爬，爬！在母亲弓一样的肋条上爬，爬！在母亲的瘦脖子上爬，爬！在母亲的尖下巴上，破烂不堪的嘴上爬，爬！母亲嘴里吹出的绿色气流使爬行的跳蚤站立不稳，使飞行的跳蚤折了翅膀，翻着筋斗，有的偏离了飞行方向，有的像飞机跌入气涡，进入螺旋。"在这篇小说刚刚问世时，曾经有人愤怒地批评作者亵渎了母亲的形象，在我看来，里面不存在对母亲的亵渎，这是一次童年目光的延长，在跳蚤不具备任何象征意义时，在孩子不知道母亲的其他象征意义时，母亲和跳蚤在一起，只是一个人和一种昆虫在一起，就像一个人和一头牛在一起，谁也亵渎不了谁，如果说莫言在这部小说中多少有挑战人们阅读胃口的动机，那么这动机其实也是合情合理的，一个贫穷而肮脏的孩子，有一个肮脏而衰弱的母亲，如果那里面有悲伤，一定也有欢乐，关键在于，潜入童年世界以后，成人世界里的象征脆弱得像肥皂泡，母亲一旦得到了最原始的还原，跳蚤一旦受到了公平的文字待遇，奔涌而来的是一个生气勃勃的世界，那里有我们需要的理性，还有我们需要的感情，童年时代所掩盖的悲伤和欢乐，要作家进行一次次的回访，那也是再发现的过程。

我们要说，一个作家的写作风格千变万化，但细心地寻找，还是可以发现一种惯性，大部分重视意念的作家往往忍不住地跨过所谓的现实，去一个消失的时空寻求答案。我们还可以发现，这几乎形成了作家的迷信，还是以莫言为例，他的新作《生死疲劳》中的主人公西门闹被枪毙后转生为驴、牛、猪、狗、猴、大头婴儿蓝千岁，用六道轮回来解释生命的过程和时间的意义。莫言在小说开篇用了佛经，生死疲劳，从贪欲起。少欲无为，身心自在。但我更相信他在这部小说的写作过程中，听见的不一定是佛的声音，而是童年和青春期之前听见的那些乡村的声音，牲畜与人的声音，所有生命交织在一起后传来了最雄浑的声音。小说中人界与畜界的转换通道看上去有死亡把守大门，但其实是来往自由的，作者借转世为猪的西门闹表达了这种自由,"尽管这些狂热的人,赋予了猪那么多光辉灿烂的意义,但猪毕竟还是猪。不管他们对我施以何等的厚爱,我还是决定以绝食终结为猪的一生。我要去面见阎王,大闹公堂,争取做人的权利,获得体面的再生"。西门闹作为猪的任性当然包含了潜台词,人的生活是体面的,这恐怕也是一个孩子对人的生活和猪的生活作出的唯一理性的判断,而实际上掌控一切的仍然是儿童式的好奇心,大家知道,一个孩子对于生命的好奇是从不分类的,一头牛的生命一头驴的苦难,和一个人的生命和苦难在孩子的好奇心这里是平等的,所以这种写作方法的前提,本质上也并不依赖于六道轮回的理论,而是建立在一个孩子对生命本质的迷惑和追问中,莫言的狂欢式的人畜世界是一次对孩童世界的挽留,他在好多年以后试图回答一个孩子的问题,一头牛为什么是一头牛?一个人为什么是一个人?同一个世界里的不同生命,世界对他们的意义应该是不同的,那么这个世界有我们能追寻到的终极意义吗?

我们今天在这里讨论的所有话题都基于一个前提,那就是乐意利用童年并享受由此带来的创作乐趣的作家和作品。最近我偶然看到余华在博客上回答一个读者的问题时说:"我们都被我们的童年生活所掌控,童年生活决定了我们生活的方向。"我想补充的是,信任童年,这是一种人生态度,也可以是一种创作态度。

我们通过以上文本的分析,也可以发现,童年生活通过文学这个管道,其实一直在我们身上延续甚至成长,它的意味其实是远远超出"童年"这两个字的,我们想想我们的生活,一个人一生中要迎来多少个黑夜,对于成年人来说,黑夜意味着时间和光线的变化,如果黑暗中没有入室行窃的小偷的身影,黑暗仅仅是黑暗而已,可是对于一个孩子来说,黑暗是一种可怕的事物,由于不依靠知识和经验,他们用最原始最活跃的感官去认识黑暗,于是黑暗对于孩子们来说成为神秘和恐惧的来源,这是事物被遮蔽被覆盖后带来的神秘和恐惧，也是成年人世界中容易被忽略的东西，所以对黑暗最好的描述一定是孩子的描述，同样地，一个人一生要迎来无数个日出，成年人世界的所谓太阳天天是新的，新的一天有新的开始，在孩子那里是不存在的，孩子送走了黑暗的困境，迎来的是日出的困境，太阳有可能毫不留情地照耀着他夜里尿床的痕迹，太阳出来了，要去他不喜欢去的幼儿园，去他不喜欢去的学校，今天的太阳出来了，提醒他昨天的作业还没有完成，因此，当被遮蔽被覆盖的事物清晰起来以后，他的处境仍然充满了危机，新的一天如果预示着未来的话，这个未来是好是坏，他们从来没有把握，因为只有天真没有浪漫，太阳对他们没有什么寓意，太阳对他们来说是光的权力，这权力带来的是孩子们的焦虑和迷惘。所以即使是在对待日出日落这么一件事情上，我们也可以发现，孩子的敏锐是一种文学的敏锐，甚至是一种哲学的敏锐。爱尔兰的小说大师詹姆斯·乔伊斯的《都柏林人》描绘的其实就是他童年时代都柏林街道上的那些黑暗和那些日出，《阿拉比》一篇是个典型，那小说里有个男孩，为了给他心爱的女孩买一件礼物，在夜色中搭火车来到集市上，可等到他到了那个集市后发生了什么？集市上最后的一盏灯熄灭了！

那盏灯的熄灭是乔伊斯无意中为我们童年记忆做的一个最巧妙的注解，光意义不详，黑暗中我们一无所获。孩子永远是孩子，可他们能够看见所有的光，也能看见所有的黑暗。

并不是所有的作家都对他童年生活抱有唇齿相依的态度。比如法国作家安德烈·马尔罗就在他的《反自传》里说："我认识的绝大多数作家热爱自己的童年，我却憎恨自己的童年。"这个对童年生活的简洁的回顾看上去要推翻我所有的论调，其实不然，热爱也好，憎恨也好，一个写作者背负的行囊中，爱的行囊很重，恨的行囊一定也很重，这个作家好多人不一定熟悉，但他在法国家喻户晓，是文坛传奇人物，一生扮演过许多角色：飞行员、作家、政治家、冒险家、报人、艺术鉴赏家、批评家,甚至还当过文化部长,在"文革"时代到过中国,死后是葬在巴黎先贤祠的,这个作家比较著名的作品是两部长篇小说《王家大道》和《人的命运》,也许以后我们有时间来探讨一个憎恨童年的作家与创作的关系,看对童年的恨如何成就一个作家的创作,但这不是现在的议题,我最后提出马尔罗来,只是要说明,一个作家对他的童年爱也好,恨也好,有童年是最重要的!我们今天的话题从托尔斯泰开始,那么也以托尔斯泰结束吧,托尔斯泰说过一句话,一个作家写来写去,终究要回到童年……

所以我们一定要记住,如果要记住人生,一定要记住自己的童年,如果你热爱文学也热爱童年,记得在文字中挽留你的童年,如果你热爱文学却不热爱自己的童年,没关系,记得在文字中利用你的童年,如果你不热爱文学也不热爱童年,那你来到这里是个错误,我对你无话可说!

# 文学作品中现实生活的魅力

绝大多数伟大的文学作品都要大量地涉及现实生活（平庸的也一样），如果说我们每天遭遇的日常生活是海洋，这比喻是恰当的，但如果把作家比喻成一条鱼，从逻辑上推理，鱼在水里吐出的水泡就构成了文学，这比喻是否恰当，却要仔细斟酌了，我们知道鱼的优势，它是不会被水淹死的，但作家其实并没有这个优势，他们永远也不可能是鱼，他们如果在水里吐出泡泡，那其实是一种呼吸，仅仅为了生存，而不是文学。现实生活是危险的，充满风浪和种种的不测，人都有可能被这片浩瀚的海洋所淹没，反过来说，作家却无力用文字去淹没海洋，所以，在现实生活面前，所有人都注定是弱势群体。我们能与水共舞，却不能与海洋共舞，因此创作之事从某种意义上说，就是如何处理一个人与水的关系、与海洋的关系。对于作家和日常生活的关系，鱼水之情这个词只是描述了他们关系中相对和谐的一面，却不能描述他们之间的对立和矛盾，同时，这个词也无意中取消了作家这特殊行业的独立性，所以当我们寻找一个最恰当的对写作者有利的比喻时，也许要给写作者设定一个更有利更自由，也更安全的位置，这个位置应该具备独立性，不在水面之下，而是在海水之上，作家不是鱼类，而是以鱼类虫类为生的捕捞者，我想到的是鸟类，那些以海为生的海鸟，它们是海洋的巡视者，从大海里捕捉食物，却永远飞在海面之上。他们是寻寻觅觅的，所有的食物被浩瀚的海水所笼罩，所覆盖，更多的时候，海面上并没有他们的食物，因此寻觅的过程看起来是个漫长的守候的过程，守候了才能发现，发现了才有资本去筛选和淘汰。

现实主义的文学传统，其关键词永远是现实生活，但每一部小说是现实，也不一定是现实，其实它就是作家从日常生活的海洋中寻获来的一堆食物，对于读者来说，它是否美味，取决于读者的胃口，甚至是偏见。从阅读的意义上说，一方面文学作品中的现实生活并不稳定，它就像一个开放的建筑工地，需要作家与读者共同搭建，读者不参与，那现实就不成立，而且会成为烂尾楼；另一方面，一部小说所涉及的现实生活无论多么恢宏宽广，其实都是装在一只碗里的，够不够你喝，也要看你的需求，作家告诉你那碗里的水是现实生活，可是到底是不是，喝了才知道，作家们总是努力地劝你喝下那碗水，所以一部文学作品也是作家们说服读者参与他（她）的现实的过程，这个过程如果顺利，读者会和作家一起，在不同的时空下交流对生活的看法，有时候，这种交流是从熟悉的日常生活开始的，有时候，读者不熟悉作家描绘的日常生活，却被作家说服了，被牵引到那陌生的生活中，我们所需要的现实不仅出现在我们肉眼的视线里，更多的时候，它藏匿在不为人知的角落里，藏匿在别人的生活中，别人的生活中，别人的一只碗里，有我们需要的现实，这就是文学的魅力所在。

古今中外的文学大师们都成功地把陌生人领进了他自己的世界，他们自己的世界有的很大，有的并不是太大。曹雪芹的《红楼梦》的世界就不大，但是很深。从某个角度上去分析曹雪芹的创作心理，很难排除这种可能：缅怀是最大的动力，他是在缅怀属于他的一个消失了的美丽世界，《红楼梦》里贾宝玉、林黛玉的生活当然是一种远离民间的贵族生活，这生活在任何时代都不属于普通人，是属于少数人的荣华富贵、声色犬马，《红楼梦》里的家族没落是富贵的没落，不是普通人的悲哀，但是一代一代的普通人都顺利地进入了宁国府荣国府，进入大观园，不一定与人物同喜，却会与人物同悲，为什么？一部伟大的作品，它碗里的食物一定是诱人的，不管它描述的世界离我们的日常生活有多远，总是能成功地逼迫读者，成为情感的当事人。你不一定饥渴，但是你会关注那只碗的命运。

人都生活在时间和事件之中，时间和事件是现实的屋顶和房梁，读《红楼梦》，就是在一个人的屋顶和房梁下发现大众所需的现实。贾宝玉的生活事件与我们无关，甚至与曹雪芹都无关，也许只是曹雪芹放大了的个人记忆，或者说，贾宝玉是一种盛极而衰的日常生活的当事人，而曹雪芹为了发动读者的情感响应，首先充当了情感的当事人，天上人间，繁花开过后落木萧萧，两种日常生活，一半缅怀，一半写实，两个态度合二为一，是曹雪芹在生活的海洋中觅食的态度，他提供给我们的食物，要我们看着山珍海味渐渐发霉长毛，是食物的困境，也是食用者的困境，其中的反差,自然地显现出人生和命运的无常,那就不单是贾宝玉的现实,也不单是曹雪芹的现实,而是我们大家的现实了。所以是不是可以这么说,总结《红楼梦》里的人生哲学,首先从总结贾宝玉生活的变化开始,我们可以发现,一无所获是贫穷潦倒的真相,同时也可能是荣华富贵的真相,贾宝玉的身后拖曳着一个巨大的现实的影子,贾宝玉后来的遁入空门,当然可以看作是看破红尘,他的看破红尘,是放弃,是逃避,甚至可以是掩饰,作为最后的出路,也是曹雪芹为自己清寒的生活寻找到的一个说法,一个解脱。(作为作者,第一情感当事人,他在这种角色里是能够获得最大的安慰和满足的,大家知道曹雪芹写《红楼梦》时的境遇,其实是宁荣二府后来的萧条凄清的忠实写照。)如果说有读者要从小说中寻求答案,如何从现实中解救自己,如何解决贾宝玉与现实的矛盾,答案其实是有的,那就是:惹不起我躲得起,三十六计走为上策。

《红楼梦》里对现实的态度是悲观的、出世

的，在出世的选择背后，又有一个入世的世俗的基础。因为这缘故，所有世俗的读者也被曹雪芹牵引，成了情感的当事人。人物、作家和读者一起面对一个共同的现实，大家都在"大观园"里。

作家们在筛选和淘汰现实生活中的素材时，总是觉得那海洋太大，一只鸟飞不过地球上的全部海洋，如果说一个作家像鸟守候在海面上，一定是局部的守候。如果说他们像海鸟一样在海面上飞行，那飞行的距离也是有限度的，即使是这种有限度的飞行，也要依靠他们的方向感，依靠各自的直觉和经验，所谓作家的敏感，其实就是海鸟对食物气味的敏感。

通常来说作家们拥抱生活都是从局部开始拥抱，发现现实的真相也是从生活的局部开始的。张爱玲的现实世界就是由局部开始慢慢扩展慢慢深入的，她对人生对世界的怀疑，很大程度上建立在她对人的怀疑上，怀疑就是张爱玲世界观的局部，被她怀疑的生活中却隐藏着不容怀疑的现实。她喜欢怀疑这个态度，也凭借它写作，张爱玲的日常生活并不是那么宽广的、开放型的，但由于她的这个怀疑的态度，使得她对生活中遇见的人，有着天生的小心、防范，和各个角度的千方百计的揣摩，她是一个能够拥抱世俗生活的人，但是偏偏不肯拥抱人，多愁善感不适合描述张爱玲对现实生活的敏感，工于心计同样也不适合，她就是一个矜持的防范者，始终带着一点点紧张，带着那惯性去预见生活的种种不测，所以，张爱玲笔下平缓的日常生活具有奇妙的悬念，那悬念来自于人物的内心，情感的不确定，导致人物命运的不确定，因为从怀疑着手，小说里的世界从来没有彻底的乐观，也不是那么悲观，乐观也好悲观也好，处处是留着余地，我们可以说，为乐观和悲观留下的余地，也许就是现实的真相之一。

隔了一百多年的两位作家，还是一男一女，曹雪芹和张爱玲，看起来难以比较，其实比较一下还是有意思的。都是名门之后，命运对他们前恭后倨，他们都有着荣华富贵的血脉，见证的却是衰败和清贫。他们的世界是被颠覆过的，他们的人生是被改写过的，那么他们又将如何记述他们眼里的世界，如何再次改写自己和他人的人生？他们又是如何打动我们这些毫不相干的读者？我们很难去夸大曹雪芹或者张爱玲的创作胸怀，他们不是托尔斯泰，不是雨果，也不是鲁迅先生，他们是从个人出发从局部出发的，这个出发点不一定宏大，但恰好是这个不宏大的出发点造就了宏大的创作。《红楼梦》是一曲挽歌，曹雪芹出于缅怀之心，因为无法挽回失去的一切而看清了一切，曹雪芹提供的人生出路不是向前走，而是抽身离去，从本质上说这是逃避和放弃。对张爱玲来说，她显赫的家族背景和血统更多的是在发黄的家谱中，她对人生的态度更多的与经历无关，而是出于敏感的天性，她不描述人生的出路，也许是出于怀疑之心，也许她自己也不知道是否有出路，所以她不作结论，因此是站在这个世界的一角，不挽留，也不放弃，默默地坚持。"坚持"这个字眼，看上去不符合张爱玲的情调，但恰好是张爱玲唯一坚持的对现实的态度。作为读者，被一部小说所打动，是一个长长的情感链条的连锁反应，这链条的最后一节，是理性出来发言的，作者对人生的出路，对于未来可以不表态，但就现实生活来说，他需要有个清晰的态度，如何认识生活，如何打理现实，他们是要为读者做示范的。

尽管有点莽撞，我们也得挑选一个局部来说话。来看看爱情这个局部。张爱玲《倾城之恋》就像篇名一样，写的是一场艰难时世里志在必得的爱情，《红楼梦》从爱情角度看，却是一场曲终人散、志在而不得的爱情，《倾城之恋》里的白流苏，让我想到了《红楼梦》里的林黛玉，流苏离婚后投奔了娘家，黛玉家道中落后来到了外祖母家，白公馆和荣国府作为两个时代的弱女子的栖身之所，一样的亲情淡漠，人言可畏，黛玉的孤独毕竟笼罩着亲戚们虚情假意的面纱，而流苏生活的时代，一切则是赤裸裸的，流苏无辜的灵魂每天经受着世俗的势利的拷打。我的感觉是在这样的拷打下，白流苏被拷打成了薛宝钗，所以白流苏是林黛玉的命，薛宝钗的心，她为自己寻找出路，出路是范柳原，对于曹雪芹的时代，对于林黛玉和薛宝钗来说，一个贾宝玉，代表着一个诺言，或者代表了金玉良缘的天作之合，而在张爱玲的目光里，对于白流苏来说，爱情与婚姻就是生存的条件，一个范柳原，代表好男人，一座好靠山，所以《倾城之恋》之所以倾城，不在于爱情的轰轰烈烈，而在于一场工于心计的几乎可以称作智力竞赛的恋爱，谈得让当事人心力交瘁，也让读者喘不过气来。但随着香港遭空袭，在人心惶惶中流苏和范柳原走到一起，流苏的爱情勉强成功，即使是这勉强的成功，还是令我想起了黛玉在潇湘馆的弥留时刻，也想起了薛宝钗的盖头被贾宝玉揭开的情景，薛宝钗也在一刹那间变成了无辜者，薛宝钗的美满婚姻刚刚开始，但从情感角度来看，她和林黛玉一样，也是一个弥留者了。在相隔一百多年的时空里，曹雪芹和张爱玲在做着同样的工作，为世间男女提供一个爱情的样本，这样本的一致性在于，都是一个女子把余生的幸福寄托在一个男子身上，黛玉和宝玉，爱得率性，爱得纯粹，爱得百分之百地投入，结局是生死两地，各奔东西，宝玉和宝钗，一个不爱，一个爱得顺应时势人事，结果是个错误，而张爱玲笔下的白流苏和范柳原，爱得理智，爱得犹豫，爱得有保留有心计，最后终成眷属。对比一下，我们实际上看到了关于爱情的古典风范和现代艺术，曹雪芹的时代男女性别角色是不平等的，张爱玲的时代，这不平等依然存在，可是一个值得探讨的问题是，在曹雪芹和他的继任者高鹗那里，他们其实通过黛玉之死传达了一次爱情观，又通过贾宝玉婚后的出走传达了一次爱情观，概括起来说，都是宁为玉碎不为瓦全，而张爱玲则让走入婚姻的白流苏传达了她的声音，守住瓦才守得住玉，或者说瓦和玉的分别根本就是不存在的，张爱玲的文字和心境都有古典情怀，她一生都是《红楼梦》的忠实读者，但她的目光不是曹雪芹的出世的目光，她是入世的，与现实有商量的，所以张爱玲笔下的男女下棋，不是贾宝玉和小姐丫鬟们那样下着玩的，下棋是赌一个命运，在与男性对弈的过程中，也是在和女性的现实下棋，要分出一个真正的胜负，张爱玲的女性也能胜出，尽管有时是险胜，有时可以说是惨胜。但坚持了，或许就是胜利。

曹雪芹也好，张爱玲也罢，他们都不是自己那个时代最好的代言人，但他们都是在一个狭窄的空间里传达了一种报时的钟声，这钟声里有对于时代的节奏的记录和模拟，但最准确也最坚定的是，这钟声传达了人心的节奏，读者们首先发现的就是这种人心的节奏，发现人心的节奏，也就发现了读者自己的内心，这时候大观园不再是宝玉、黛玉的世界，它是读者的现实社会了，张爱玲的上海和香港也不再遥远陌生，它对读者产生了真切的压力，是一种虚构的日常生活对人产生的压力，这压力是作家施加于读者头上的，同时也是读者自动参与的结果。在这样的阅读经验里，读者们是被操纵的，他们捧起一部作品，是要超脱于现实，但优秀的文学作品从来不具备休闲功能，它展示的貌似松弛的生活起初是别人的，最后必然成为你自己的，所以你最后是又被作家按在现实坚硬的板凳上了。阅读的失落在于此，满足也在于此，张爱玲的《对照记》里有一张照片，是她少女时代穿了一件并不合身的旗袍照的，旗袍的来历被她介绍得清清楚楚，是她的继母送的，她继母说，旗袍料子很好，但张爱玲说，"领口都磨破了"。值得注意的是张爱玲对那件旗袍的补充说明，那一段简短的文字恰好也说明了她的胸怀，她记得住别人的恩惠，也记住了那恩惠的瑕疵，她翻出那件旧旗袍向现实生活致敬，但光是致敬就不是张爱玲，张爱玲最具个性的声音是，不致敬，也是可以的。

从某种意义上说，我们看张爱玲的小说，就是在看那旗袍上磨破的领口，一件旗袍上也有生活飘飘荡荡，但现实的真相藏在磨破的领口上。我们沉溺在曹雪芹的《红楼梦》里，其实是在参与一个与我们毫不相关的大家族的葬礼，大家一枕红楼梦，枕的是曹雪芹的枕头，但是有了曹雪芹的枕头，我们在一夜之间看透了世态人心。张爱玲的旗袍，曹雪芹的枕头，因此具备了非凡的经典意义，即使在现在，我们仍然习惯于把《红楼梦》作为一部体会人生的百科全书，它的意义已经不是一个曹雪芹为自己的阶级唱一曲挽歌的意义了，再说张爱玲，她当然不可能企及曹雪芹的地位，但一只枕头有枕头的意义，一件旗袍有旗袍的意义，正如中国传统的旗袍不断地回顾世界时装舞台，张爱玲笔下的小世界同样不断地被大世界复制、抄袭，我们很难去界定张爱玲作品中超越她个人胸怀的意义，但她的小世界天生是滋生大意义的温床，比如我们经常说的世纪末情绪，你不能说张爱玲预见了世纪末，但世纪末的人心早就被她写过了。《倾城之恋》写于二十世纪三四十年代，不是什么世纪末的时代，但世纪末的情绪却始终荡漾在小说里，人心浮躁，处处危机，我们或者可以这样说，不是张爱玲预见了世纪末,而是她在白流苏和范柳原的故事里遭遇了世纪末。一个对应的事例是:二〇〇一年美国九一一事件发生之后,无数的美国大都市男女,都放弃了固有的一个人的生活,寻求感情,寻求婚姻,好多人像白流苏和范柳原一样,在一场灾难发生过后,结束了自我放逐,走入了婚姻。他们恐怕没机会看到张爱玲的小说,但张爱玲在好多年前就看见了他们的恐慌、他们的脆弱,还有他们的最后一个避风港,也是最后一个牢笼——婚姻。

我们总是迷失在现实生活中,有时候我们向明天索取幸福,那幸福却在昨天消逝了,有时我们向天空索取阳光,而天空给我们的是连日阴雨,所以作家的工作本质上是一种守候,守株待兔在文学的意义上不是愚蠢,而是明智,在发现生活之前,小说的宏大意义是不存在的,所有你在小说世界里发现的真理,最初都来自于他人的生活,甚至是日常生活。

永远不要抱怨自己单调的生活,每天的日常

生活里都隐藏着文学的黄金。普鲁斯特的《追忆似水年华》是一部鸿篇巨制，它的关键词当然是时间，纳博科夫对这部小说的评论是："整部作品是对宝藏的追寻和求索，这一宝藏就是时间，而隐藏宝藏的地方就是过去。"对于这么一部经典著作，好多读者是无法忍受作家寻求那个宝藏的过程的，小说写一次晚餐用了一百多页的篇幅，写一次晚会占去了半卷书的长度，但是对这种日常生活的不厌其烦的有点癫狂的迷恋恰好反映出普鲁斯特的坚定，他要发掘时间的意义，对所有的流动的事物都要特别关注。我们也可以说，《追忆似水年华》不是从追忆过去开始的，而是从描述现在开始的。如果没有捕捉到日常生活，也就捕捉不到时间，当然也就发现不了隐藏在"过去"的那份宝藏了。

气宇轩昂的文学史从某种意义上说，就是日常生活的掘金史。我今天还要给大家介绍的一位美国作家雷蒙·卡佛，就是一个日常生活的掘金者。

读雷蒙·卡佛会读出怪事来，不喜欢的人会认为这是个记流水账的作家，记得很固执很细腻罢了。这种歧见尚属正常，如果不喜欢卡佛的遇见个喜欢的，如果前者就小说的流水账倾向质问后者，恐怕后者一时会抓耳挠腮，对某种流水账的满腹爱意就像暧昧的心理异常，千言万语，不知从何谈起。怪就怪在这儿，卡佛的好处其实是很难用严谨恰当的文学语言去赞美的，以我的一己之见，说服一个乐观主义者赏识卡佛是徒劳的，说服一个崇尚经典文学价值体系的鉴赏者去热爱卡佛同样是徒劳的，卡佛其实就是一个记流水账的人，只不过那是一本男人的流水账，可以从低处往高处流。卡佛对文学样板的叛逆也是离奇的，别人努力从高处叛逆，他却是从低处开始。他几乎只用中学生的语文词汇写作。他抓紧了现实生活去写，几乎放弃了虚构带来的种种文字便利——这怎么就好？还是不能说服人，唯一可与我文章主旨匹配的说法是：卡佛可以令人把小说和现实生活混在一起，这种混淆感是有魔力的，也许由于卡佛的故事大多不称其为故事，更多是一种生活场景的有机串联，人物的心情在这种串联中便像乌云遮盖的山峰一样凸显出来了。

所以读卡佛读的不是大朵大朵的云，而是云后面一动不动的山峰。读的是一代美国人的心情，可能也是我们自己这一代中国人的心情。

没办法，只能将比喻用在讨厌比喻的卡佛身上了。要谈论这个被封为简单派的作家一点也不简单，人们通常会认为卡佛的创作标签是醒目的：关注日常生活，文字简洁朴素，几乎排斥所有的修辞手法，但你最终会发现你准备的标签贴完了，卡佛仍然面目不清。为什么？因为日常生活本身充满了弹性，生活总是比文字本身更深奥，它的面目本来就是多得无法统计，远远超过我们手里的文学标签。

卡佛对日常生活的专注和理解甚至影响了他的文体和修辞，他在写作上是有洁癖的，为了维护日常生活的真实性，他的小说文字也日常生活化，具体体现在他对许多正常的小说元素的排斥上，从修辞上看是一个完全的素食主义者，有发自内心的清规戒律，他大概极其痛恨对景物、心理之类东西的细致描写，我们做一种不严肃的猜想，如果有人请求卡佛去像肖洛霍夫那样描写顿河上的"苍白的太阳"，或者让他参照他祖国的大师福克纳去写白痴昆丁在忍冬香味中的心理流，卡佛也许会说，那你让我一头撞死算了！卡佛其实一直在挑战人们的阅读趣味，除了人物，该写的不该写的他都不写。所以当我们要谈论卡佛也只能从他笔下的人物着手——不知道是幸运还是不幸，卡佛的创作来源几乎是传统现实主义创作发生论的一次证明，一切都与个人经历有关。这样我们不得不简单谈一下卡佛的短暂的不如意的一生，他的研究者告诉大家，卡佛当过锯木工、送货员、加油工、门房，他十九岁娶了未婚先孕的妻子，不知道是主动还是被迫做了一个养家糊口的男人，卡佛后来抱怨他从没有享受过青春。卡佛也许自己都没有意识到，他是如何在无意中成了现实主义创作理论的宣传品，他是如何自然地利用自身经历中的资源，成长为美国文坛上罕见的"艰难时世"的观察者和表达者。但是创作的发生是一回事，作品却是另一回事了。不该被忽略的是卡佛笔下的美国人，他们身上散发的是卡佛本人的令人焦虑的那一丝酒气，它既不代表沉沦和悲剧，当然也不暗示大众印象中的积极开拓的美国精神，那一丝发苦的酒气，最多代表某种郁郁寡欢的心情。是的，卡佛小说中的男人大多是郁郁寡欢的，让人联想到作者本人，他的工人般粗糙的外表和敏感的内心世界。他对失败的男人形象的热衷几乎令人怀疑是一种变相的自恋，一种诉诸于文字的自我性格和命运的分析报告。

到处都是失败的男人，到处都是麻烦缠身的男人，到处都是要舔伤口却找不到自己的舌头的男人。在卡佛的成名作《请你安静一点好不好》中，男主人公与妻子的紧张关系一开始虽没有明显的征兆，但是有非常隐晦的暗示，雷夫看见妻子穿白衣服戴红头巾站在阳台上时，联想到某部电影中的一幕场景。"玛丽安在戏中，可是他没份。"雷夫在诱逼妻子回忆她的那次红杏出墙的经历的同时，再次感到妻子在电影中，只不过这次他由于受辱而暴怒，戴绿帽子丈夫的角色使他有份闯入了戏中，雷夫离家出走后的表现很有意思，他去跟人赌博了，钱输光了，还莫名其妙挨了人打，然后作为一个全面受伤的男人回了家，回家后的表现更具深厚的意味，他在愤怒和沮丧中一遍遍让内疚的妻子住嘴，"请你安静一点好不好？"他妻子安静了，妻子最后安静地向丈夫的下体伸出一只手，结果一个顺理成章而又发人深省的结果出现了，丈夫也安静了！那对夫妻暂时好了，读者却怎么都觉得不好，尤其男性读者，似乎就是前面我所说的感受，最后是读者尤其是男性读者挨了卡佛的一记闷拳。

到处都是因受伤害而变得敏感的人，到处都是因为敏感而更加不幸的人，到处都是对生活失望的人，到处都是令他人失望的人，到处都是脆弱的融洽和深深的隔阂。《羽毛》中的叙述者怎么也记不住他的朋友兼同事巴德的妻子奥拉的名字，但他和女友还是被邀请去巴德家做客了，两对甚至两对夫妇以上的男女聚在一起的场面在卡佛的短篇小说中并不少见，比如《我们谈论爱情时都说些什么》，但《羽毛》里的两对男女聚会的开始也是告别的开始，一晚上的聚会到底发生了什么呢？可以说什么也没发生，也可以说什么都发生了。巴德家养了一只美丽的孔雀，还有一个八个月大的婴儿，这婴儿起初是在幕后哭着，奥拉无意把婴儿抱出来，可是"我"的女友佛兰出于女性交际的本能坚持要看看可爱的婴儿，结果就弄出了事情，千呼万唤始出来的婴儿当然预示着某种危险，是一个丑陋的怪婴！随着这怪婴的曝光，巴德夫妇的创痛也彻底地展示在"我"和佛兰面前，可是切记参观别人的创伤是要付代价的，这难得的家庭聚会成为唯一的也是最后的一次，谁也见不到谁的孩子了，从此只有几根孔雀的羽毛作为"我"和巴德友情的见证。在另一篇小说《卧铺车厢》中,另一个经不起伤害的男人梅耶坐穿越法国的火车去看八年未见的儿子,但这次旅程因为一次意外完全失去了目标,梅耶的手提箱被小偷偷走了,于是乌云忽起,我们看见的是只有卡佛先生能准确描绘的一种男人,这种男人在遭受不幸的时候作顺流而下的选择,让不幸延续下来,梅耶就是这样,他在斯特拉斯堡的车站上看见了等候他的儿子(已经是一个年轻男子),但是他不下车!他怀着一种无以名状的哀伤、恐惧和来历不明的愤怒和复仇心拒绝了那个车站。他留在火车上,居然很快对法国乡间景色留下了深刻的印象。

美国导演罗伯特·阿特曼曾经把卡佛的九个短篇和一首诗拍成了电影《捷径》,他说,"我把卡佛所有的故事当作一个故事",这当然是典型的导演使用小说的"捷径",不过这个说法启发了我,我假设把卡佛笔下的所有人物当作一个人,那么他是谁呢?无疑是卡佛自己,这不能怪我思维老套，所有完美的虚构都会令人生疑，怀疑作家是拿自己的灵魂与什么什么神或者什么什么魔鬼作了交换。

卡佛小说里的一切尖锐得令人生畏，如果说他"杀人不见血"有点夸大他对读者的精神压迫的话，说他拿着刮胡子刀片专挑人们的痛处割可能比较被人赞同。有批评家论及卡佛的世界观，说是黑色的。怎么会呢？那是把追求简单叙述的卡佛一起简单化了，我反而觉得卡佛是个很复杂的作家，只有复杂的作家会对语言有超常的狠心肠，杀的杀，剐的剐，留下的反而是文字锻造的一把匕首。我一直试图用标准的评论腔调总结我在卡佛作品中发现的现实生活的真相，结果却不好意思写出来，竟然都是些不通顺的自作聪明的网络语言：

比如希望在绝望之中，力量在消沉之中；比如剧痛在温情之中，缠绵在无情之中；又比如干净的罪恶、简单的复杂啦，诸如此类，不仅同学们容易被我引入歧途，卡佛在天之灵听见，一定会被我搞糊涂的。

所以我最后必须老老实实交代这堂课的授课宗旨,其实就是,发现文学,从发现生活开始,而发现生活,要从日常生活开始。

# 关于创作,或无关创作

## 邮 票

香椿树街和枫杨树乡是我作品中两个地理标签,一个是为了回头看自己的影子,向自己索取故事,一个是为了仰望,为了前瞻,是向别人索取,向虚构和想象索取,其中流露出我对于创作空间的贪婪。一个作家如果有一张好"邮票",此生足矣,但是因为怀疑这邮票不够好,于是一张不够,要第二张、第三张。但是我觉得花这么长时间去画一张邮票：不仅需要自己的耐心、信心，也要拖累别人，考验别人，等于你是在不停地告诉别人，等等，等等，我的邮票没画好呢，别人等不等是个问题，别人收藏不收藏你的邮票又是个问题，所以依我看，画邮票的写作生涯，其实是危险的，不能因为福克纳先生画成功了，所有画邮票的就必然修得正果。一般来说，我不太愿意承认自己在画两张邮票，情愿承认自己脚踏两条船，就是一种占有欲、扩张欲。

## 技 术

最近看到有人在批评罗伯·格里耶的作品，说他在小说技术上无限制地探索革新，其实是损害了小说这种文体。我没有认真研究过罗伯·格里耶的小说技术，我的直觉是，恰恰是他的那种"损害"技术成就了他的小说，至于因此而来的成就，完全可以讨论，仁者见仁，智者见智。作为我的观点，与其说短篇小说有技术，不如说作家对待自己的感情有技术。如何在作品里处置自己的情感，你对自己的情感是否依赖，或者是否回避，是否纵容，是否遏制，这是问题，是需要探索的。谁也不知道作家应该在作品里设置多高的情感温度，但那温度却是让人真切可感的，必须适宜他人的情感需要，涉及不期而遇的几方当事人，无法约定，可以说那温度很神秘，有时候它决定作品的成败，那大概是大家所说的非常重要的元素之一吧。

说到短篇的结构，我感觉无所谓紧和松，文字如果是在虚构的空间里奔跑，本来就怎么跑都可以，只是必须在奔跑中到达终点，不会有人计时的，也不会有人因你奔跑姿势不规范判你犯规的，如果说结构出问题，那作者不是气力不支爬到终点，就是中途退出了。

用传统美学探讨短篇，是一个途径，一种角度，"聚"和"散"说起来是"气"的分配，其实也是个叙述问题。我一直觉得创作的魅力很大程度上是叙述的魅力，如果一个小说自己很喜爱，多半是叙述的力量，自己把自己弄晕了，这时候，你觉得你可以和小说中的人物握手拥抱，你甚至会感受到自己在小说世界里的目光，比在现实生活里更敏锐、更宽广、更残酷或者更温柔。

## 叙　述

谈小说的语言，确实是让人为难的，我最初的小说语言，可以说是追求色彩和温度的。有的小说语言，因为回避故事和人物，面对紊乱的意象，采用的是从诗歌转换而来的叙述语言。因为九十年代以后开始"后撤"，所以在学习叙述，叙述是个大课题，我们一直在讨论这个问题，但是说到底，我认同这么一个观点：人们记住一个小说，记住的通常是一个故事，或者一个或者几个人物，甚至是小说的某一个场景，很少有人去牢记小说的语言本身，所以，我在叙述语言上的努力，其实是在向一个方向努力，任何小说都要把读者送到对岸去,语言是水,也是船,没有喧哗的权利,不能喧宾夺主,所以要让它们齐心协力地顺流而下,把读者送到对岸去。

## 童　年

如果说童年对我走上创作道路有决定性的影响的话,主要是因为孤单,因为体弱多病,不能参与别的孩子的公共活动,所以我有一个离群的童年,从很小时候我就是一个街头生活的旁观者了。我靠胡思乱想来弥补远离集体的缺憾,我一个人行动,独立完成我的童年生活。我养了很长时间的金鱼,为了那些鱼,我经常要到很远的铁道旁边的池塘去捞鱼虫。我扛着一根捞鱼虫的杆子在铁道旁边走,京沪铁路上的火车从我身边经过,我看火车上的人,火车上的人也看我,那曾经是我最大的世界。一直到现在,我一直认为一个人的世界也是个世界,而且可以是个很大的世界,这是我创作自信的最大的理由。

## 女　性

  我一直在说，所谓我擅长写女性，是别人眼里的"擅长"。作家们的文字当然是有气息的，更是有色彩基调的。这像一个人身上的体味，你不能让他自己来解释为什么会有这种体味，我闻不到我自己的体味，你闻到什么就是什么，我闻不到我自己，所以我不反对，但也不随便附和。关于一个作家的成长和地域的关系，是否作家作品中潜藏着一个地理学现象？举个例子，几乎没有人记得海明威的故乡，但人人都知道福克纳的奥克斯夫德。为什么？因为海明威作品的地理意义是扩张的，非洲和西班牙，都是扩张的结果，因此在其创作中，故乡是消失的，或者是有意无意被遮蔽的。而福克纳的故乡则相反，是经过精心而固执的聚敛和浓缩的，所以他的约克纳帕塔法变成了一个稳定的地理中心。作为我个人来说，我不想无尽地扩张，也不迷信福克纳式的聚敛和浓缩，我从来都认为，故乡对作家的意义值得研究，我不追求地理学上滋生的文学意义，描述什么样的环境滋生什么样的意境和美感，也许有因果关系，也许没有。我想应该有更开阔的"地理学"可以依赖，它到底是什么，我并不知道，但我知道需要的是发现，还有探索。

## 先　锋

先锋或者不先锋，并没有困扰过我的创作，这更多的是批评的词语范畴。如果我曾经先锋，是因为我对写作的要求曾经是具有先锋精神的。写《1934年的逃亡》和《罂粟之家》我要求自己完全破坏，完全颠覆，破坏传统，颠覆别人，可是由颠覆和破坏带来的快感并不能维持一生的创作。青年时期的热情沉淀下来，是更理性的思考，对传统的理解会改变，对小说的理解更会改变。没有落后的文化传统，只有落后的文化传统的继承者。一切源于对自己身份的认定，对于任何一个文化传统,从长远来看,背叛者其实最后终归也是传承者,所以必须把自己视为传统文化的局内人,局内人自然是有责任的。说到我们对传统文化和传统美学的认识,作为或者不作为,就像对文物或古建筑的保护,最好的传承是修旧如旧,拆一块补一块比推倒重来要好。所以我们这些人,最终都是一座古建筑里劳碌一时的工匠,光荣和耻辱,其实不是他颠覆得如何,而是他修补得如何。

# 神话是飞翔的现实

今天确定这个演讲的题目,还是跟我最近刚完成的长篇小说《碧奴》有关,它可能跟神话有关,也可能无关。我今天更感兴趣的、涉及更多的是"神话"和"现实"这两个名词中的"现实"这个词,我觉得更有关系、更有说道。

说到我刚完成的小说《碧奴》,尽管同学们不一定非常有兴趣,但大家都了解这是"孟姜女哭长城"的故事改编的。严格意义上说，这不是神话，而是民间传说。这个民间传说大致内容大家都知道，是关于两千多年前的一个女人，自己的丈夫被拉差拉到很遥远的地方去筑长城，所谓秋风一阵冷似一阵，在这样天气的压迫下，这个叫孟姜女的女人觉得她有一关过不去，所以她要给丈夫去送一件棉衣。非常简单的一个故事导致了这个民间传说的起因。故事的结局大家也知道，我说多少意义不大，就是这个女人千辛万苦千里迢迢到了长城，但是丈夫已经死了，她当然要哭。"哭"谁都能够了解和理解，不用多说了。问题是，神话也好传说也好，到了这一步，突然产生了非常意想不到的力量，也是我之所以选择"孟姜女哭长城"的故事作为我一部新的长篇小说的题材和内容的大的动机，就是一个女人的眼泪竟然哭倒了八百里长城。这个传说之瑰丽，或者说这个传说到了这个阶段背后所潜藏的东西彻底征服了我。

当我接受英国这家出版公司"重述神话"

计划以后,我脑海里浮现的无法摆脱的是一个女人的眼泪与城墙的故事。这么一个故事我要琢磨它,要吃透它,整个过程对我来说,甚至可以说不光是创作过程,也是学习过程。"神话"这个概念,在学术上或在西方神话那里有更多的说法和讲究。大家有兴趣的话,可以比较希腊神话和以希腊神话为主流的西方神话的大的轮廓和面貌,再比较一下传统的中国神话,"孟姜女哭长城"不是中国传统的神话,更典型的传统中国神话是"嫦娥奔月""夸父逐日"、关于后羿的故事等。有心比较就会发现一个特点,西方神话更多是在塑造许许多多的神,几乎是在塑造一个神的谱系,西方神话要求所有塑造出来的神站成一个神的殿堂,而这个殿堂更多地在宗教意味上有非常大的支撑作用。在西方文明历史上可以看到,西方有无数的教堂,教堂当然直接跟宗教、上帝有关;那么,文字在西方神话的塑造和整个历史的动机上,我觉得多多少少和宗教有关系。这原因就是希望在文字上也建一个教堂，让人们对现实之外的天空，对现实之外所有未知的东西有一种敬畏感。我说神话之所以有宗教意味也是因为这点。换句话说，以希腊神话为代表的西方神话当中每一个神的塑造都要掌管现实，比如丘比特、潘多拉，要么掌管人类的某一类情感，要么有能力掌管人类某一种的进程，比如大力神力量非常之大。但是，他们是从天上来掌管人间的事情。而中国神话，我觉得有一个非常奇妙的特点，所有人物、故事，它的走向、轨迹是从地面往天上走，包括刚才说的后羿、夸父和嫦娥都是目标在天上。中国神话非常奇特的一点就是从现实出发，去找到神的位置，去找到所谓力量的位置。

说到"孟姜女哭长城"的故事，最大的把我征服的内容是，别看这是一个民间流传的神话传说，它里面有一个非常严肃、巨大的人生命题甚至可以说是哲学命题。21世纪作家都在探讨人的境遇问题、人的遭遇问题、人的命运问题，其实所有这些发现都不是我们这个时代的发现，我们的祖先在两千多年前已经发现了这个问题。从我的理解来看，"孟姜女哭长城"的故事其实是在两千多年前人们就在探索人和墙的冲突。这背后最大的冲突，核心内容是眼泪和墙的冲突、眼泪和墙的对话。这背后所潜藏的基本内容是人类在两千多年前就已经开始觉得这是生存的问题或是生存的遭遇，是需要解决的。"孟姜女哭长城"故事一个奇特的东西是它还显示了世态人心，因为所有的神话背后都有世态人心支撑，民间传说更是。在"孟姜女哭长城"故事里，我理解孟姜女其实是被人民大众推选出来的救世主。当人们意识到人是无法对抗墙的，当人们意识到鸡蛋与石头的碰撞之后鸡蛋的粉身碎骨一定是鸡蛋的命运之后，他们要想别的办法解脱，想别的办法给自己寻找安慰。结果很奇怪的是救世主找出来是个女的。当人们意识到别的力量、男性无法摧毁一堵长城的墙的时候，他们奇特地寄希望于一个女性，更奇特的是寄希望于女性的眼泪。我之所以选择这样的小说是因为我体会出玩味出这个故事背后巨大的丰富的内容，它能够打动我，征服我。这个故事还有一个在我看来非常伟大的走向。孟姜女是来自民间真正底层的一个普通女子，但是奇特的是这个故事在"说"与"说"、"流传"与"流传"的过程当中，渐渐发生了大的变化。大家都知道，从孟姜女的身世背景或是情感线索背景看都是凡尘的、俗世的女人。但是，这个故事说着说着，写着写着，等到她到达了长城，范杞梁死了以后，她哭倒了长城，我觉得哭倒长城以后，民间寄托给孟姜女的已不是凡人的事迹而是神的行为。所谓眼泪哭倒长城，不论从哪个系统、角度去理解，都不是一个人的行为，而是一个神的行为。所以，从这个意义上说，孟姜女从民间传说到神话，它的完成是在眼泪哭倒八百里长城之后开始的。这个人物就不光是凡尘的女人，而更多的是她用她的眼泪完成了一个英雄的使命。

根据顾颉刚先生的考证，最初没有孟姜女

这个名字，但她的丈夫的确叫杞梁。整个故事发轫于《左传》，她是一个为齐国国君战死的将士的遗孀，没有名字，就叫杞梁妻。记载是，有一天，她在路上拦住了国君的高头大马，让国君做一件事，她的意思很简单，就是：我的丈夫为国家、为您战死了，我要您去吊唁，去完成一次隆重的吊唁活动。当时没有"长城"，也没有"哭"的说法，用我们现在的话概括来说，是"民女犯上"，是看上去穿越了两个阶层之间壁垒的一次对话。但是，历代老百姓拿着这么一个看上去很小的故事来不停地填充自己的感情，来抒发自己对现实的看法。这样，看着看着这个民间传说演绎的成分越来越大，最后，秦始皇加入了，长城也加入了。事实上，这不是秦代的故事。我比较相信顾颉刚先生的考证，按他的考证，这个故事来源比秦朝早两百年，当时也不存在秦长城。但是，我觉得比较值得研究的是民间传说也好神话也好，它背后潜藏着世态人心的轨迹、关于寻找救世主的心态。而寻找救世主的方法，对于我一个写作者来说，是非常值得学习和研究的。看着这样一个"杞梁妻"的传说渐渐演变成家喻户晓的中国人人人都知道的关于"眼泪和长城"的传说，我觉得这里面潜藏着非常大的、能够让我重新塑造的空间，所以我写了这样一部小说。

孟姜女故事给我的启发，给我的一个角度，就是从世俗出发，一个普通的民间女子怎么成了一位神？她身上如何散发神性的光芒？我觉得，以我的观点完全可以说，我们中国的传统文明中塑造了一个神的形象——哭泣之神、眼泪之神、悲伤之神。孟姜女的形象可以囊括这么多称号。所以，我的想法是在写这么一个民间传说的过程当中，完成了这样一个填空——从民间传说到神话，孟姜女从凡人到神的进程。或者说，我写作这篇小说的兴趣其实本质上是在这里。写这部小说，给我一个重大的启示是一个英国女作家写的《神话简史》，我觉得写得非常好。当然，它不是阐述中国神话，而是主要阐述西方主流神话历史。我比较相信她说的一句话：当我们在谈论神性的时候，其实我们是在探讨世俗的另一面。我觉得我的小说似乎在努力地变成她的这个说法的演绎。这句话给我很多教益，更多的是让我想到神性和世俗不对立；更重要的是要牵涉到我们今天所说的"现实"的话题。神话也好现实也好，它们并不对立，很多时候它们是互为补充、互为映照的。今天的题目《神话是飞翔的现实》，其理由和根据也是来源于这段写作经历和思考。

我不太喜欢只探讨我这一篇小说，我不是那么商业的人。抛开我的小说，我们来探讨另外一个非常重要的问题，我不知道同学们会不会感兴趣：一个作家眼里的现实到底是什么？刚才说神话是飞翔的现实，用碧奴、用孟姜女的故事，我想做一个由头，我想更多地阐述我心目当中一个作家要选取一个什么样的现实来说话。更加细致地说：一个作家需要的是什么样的现实，除了同学们所理解的当下现实社会所发生的事件所构成的社会现实之外，我们还有多少种现实。我们所关心的到底是什么样的现实。甚至我们要问这样一个问题：所谓的现实是谁的现实？是作家的现实还是读者的现实？这些问题都是非常值得思考的。这个问题有一半非常容易想到传统的文学概论中的文学"来源说"，它是有标准答案的，不管什么样的文学创作一定是来源于现实生活的。但是问题就是我刚才所说的"现实是什么"，是谁的现实，作者的还是读者的？这是一个奇特的没有现成答案的问题。我们在细分小说中的现实或是总结所有关于现实的关键词上面一直处于迷惘的状态，恰好这样的神秘莫测的迷惘状态提供了现在所有小说系统、世界的神秘多变的面貌，可以让我们去分析许许多多的问题，去总结许多跟创作直接发生关系的问题。在我看来，一千个作家所掌握的现实真的有一千种。具体到创作学上或创作发生论上，每一个作家牵引现实的手法、拥抱现实的姿态千变万化，这里面有一种神秘性。这种神秘性从文本上分析，是作家文字风格的不同，是取材的不同。事实上，归根结底是这个作家心目中所要塑造的现实不同。就像同学们现在坐在下面，看我的时候都是不同的。如果说我今天来说这个话题作为事实在同学们那里是不一样的，拍的照片是一样的，但是每个同学抒发所感受的现实是不一样的。有的同学会讨厌我，有的同学会喜欢我，都有可能。所以，我强调作家牵引现实的手段和拥抱现实的姿态，这是一个非常本质的问题，导致了他们文本的不同，最后的结果是每一个作家心目当中的现实经过一层层文字和情节所塑造出来的现实也是不同的。

如果是有创作实践的同学可能比较容易进入这个话题。这牵涉到许许多多文本之外的问题，就是所谓现实生活中作家的最原始的刺激是什么样的刺激。就像我要写《碧奴》的时候，我刚才对同学们说了，所以很多同学知道我的原始动机，但是在你们阅读许许多多文学作品的时候，作家没告诉你他的动机的时候，你怎么判断他的动机？有时候必须自己琢磨。作家说什么其实有时候不一定可信，包括我自己。你必须学会一种方法,去琢磨作家的脉搏,去摸他的脉搏。许多的文本提供给我们,基本上也在提供一种既定的方法。因为大家尤其是中文系的同学大学四年至少是在学习某一种方法,说到文学作品的时候是分析的方法。有一种创作写法,我觉得比较容易,就是有一种作家,他的写作永远是按照自己的生活来写作,或者更精确地说,是从自己的日常生活出发的,所以这些作家一辈子在写,写来写去,都是在写自己身边发生的事情。对于这样的作家,我觉得研究他的履历,几乎就是在编织一根绳子,完全可以用这根绳子把这个作家捆起来,然后慢慢地研究,因为他们用的是比较简单、固定的牵引现实的方法。但是,我相信同学们一定读了无数的中外文学的经典,可能会发现一个非常让人好奇的现实:许多作家一生的写作都在逃避他的日常生活,或者说他一直在进行南水北调或北水南调的工作。他永远在跳,在跳出他日常生活的屋顶,跳出日常生活所制定的范畴,给我的印象真的像鱼要从鱼池跳出去的感觉。大家可以观察鱼池，鱼池里永远有一些鱼在耐心地等待面包片的到来，但是还有一些鱼非常莫名其妙，它在跳。跳的姿势当然是寻找的姿势，按照一般的理解，跳是为了寻找一个更大的水池，寻找江河海洋，寻找它更大的生存空间。我为什么总要把作家想成鱼呢？因为所有鱼离开水面的跳跃动作其实不是为了寻找更大的空间，或者说他不认可水给它的这一点点现实，或者说它不认可鱼一定要生活在水里。听上去非常鲁莽，非常不合常识。但是，我们要这样设想，如果一条鱼跳出水沟，有时候它不是再去寻找水面，它恐怕是去试一试鱼能不能在草地上活，鱼能不能光靠空气就可以活。我把它作为作家在写作中逃离日常生活的这样一个比喻，我最终是想说：他是在寻求一次遭遇，一次非常冒险的遭遇，甚至有可能没有前途的遭遇，因为鱼真正离开水面意味着是要死的。但是，对于一个写作者或者说对于作家的写作心情来说，它的合理性在于他不期望一种现实框定他一生的写作动作，他是在寻求有没有第二种现实：我离开水之后，除了水是鱼生存的必要条件之外，有没有第二种可能性存在？当然我也很悲哀，我知道它必死无疑，但是我判断鱼跳出水面，经常会想到我们写作中的姿态，对于现实的不信任，对于现实非常顽固的、鲁莽的追求的姿态。

总结起来说，我们所理解的日常生活所提供的现实信息，对于一个作家来说恐怕永远是供小于求的。因为不满于这种供小于求的格局，所以好多作家一生都在寻求自己日常生活之外的那些世界、资源。他理想中的现实往往超脱于把他局限的日常生活。我这么说非常非常抽象，必须联系一些文本来说。大家一定看过卡夫卡的《城堡》。《城堡》其实非常好描述：一个土地测量员每天都可以看见城堡，却无法抵达。我认为，从物理学上来说，除了海市蜃楼，如果是在同一个地球，如果是可以看见的东西，根据日常生活所提供的现实信息是可以抵达的。这是我们一般认为的事实。但是，卡夫卡也是那么一条鱼，他不甘心发现物理常识，所以他得出的结论或者他心目中的现实恰好是无法抵达那座城堡，看上去违背了大家常识的现实构成了卡夫卡心目中的现实。但是，这样的现实，我们去玩味它、琢磨它，就发现它具有极强的寓言性，我们可以设想这是我们生存境遇的象征。当然，如果卡夫卡说他看到一座城堡，千辛万苦到达了那座城堡，那他告诉我们的是一个常识，那他就不成其为卡夫卡。还有一个非常典型的例子就是中学教材就有的《变形记》的故事，这个故事可以纵向比较，也可以横向比较。《变形记》是人变甲虫的故事，说白了是关于人类异化的最大的噩梦。卡夫卡在很多很多年前就描述出来了，这是个现代人意识到的问题，这是一个现代人的现实。在1910年，卡夫卡就这么早地认识到百年以后、千年以后人的境遇问题，这就是他发现人在另外一种状态下人有可能是一只虫子。这背后所抒发的意味我们不用太多地去解释，它当然是跟孤独、异化有关。但是，我们从文本分析上来看，比较有趣的现象是,如果说卡夫卡不认定人变虫子是现实一种,那小说会向别的方向发展:一个人因为孤独不肯见人,天天关在房间里不想交流,那他一定是有病,不管这病是孤独造成的还是社会现实对他的压迫造成的。这个病,按照我们一般的常识,按照日常生活所给予我们的文学规律去推导的话,他要去医院。说到要去医院,我觉得还有一个文本可以说。一想到格里高尔的后面的境遇,我总是会想到托马斯·曼的《魔山》。《魔山》也是一部奇特的关于作家心目中现实的发现的小说。大致情节是青年汉斯要去看他的表哥,表哥得的是肺结核,原来的最早的动机就是非常平常的看望亲戚。但是奇怪的是托马斯·曼写的那座疗养院所在地是一座魔山,所有到了这座山上的人都会生病,有病的人过来病会更加严重,无病的人过来也会得病。这座魔山上的时间很奇怪,是以七为单位,是无限拉长的。这个叫汉斯的青年,他自己身体也不太好,所以他想看望表哥的同时在疗养院住三个星期二十一天的,结果他认为的二十一天其实是七年。这是一座魔山，它已经改变了时间，改变了人，更重要的是它改变了人的生活方式，所有上了这座魔山的人都是来自世界各地来疗养的病人，主流是肺结核病人。来疗养的人都尽情享受自己的病情，一边在用一种非常奇特的安逸的方式等待死亡。当然，小说背后潜藏着非常巨大的象征，是托马斯·曼对当时资本主义社会的一种批判。但这批判性不是我今天想说的范畴。我想说的是，比较奇特的是，卡夫卡同样在诉说关于人的孤独、异化的问题，卡夫卡发现了人变甲虫，因此有了《变形记》这样伟大的传世的经典；而托马斯·曼发现了时间的可塑性、拉长性，和人在异化过程中一种奇特的受虐的心态、一种对自己疾病放任自流的心态，导致了《魔山》的这种现实。这两种现实都不是我们的肉眼，都不是我们平常的知识系统所发现的任何现实，或者说它不是现实、不真实。这么一种不真实的东西在两个作家眼里变成他们内心的真实。这许许多多的文本给我们最大的启示是，我们当然永远在热切关注我们的现实生活，但是一个作家心目中所需要的现实远远大于现实生活。

同学们经常会阅读很多关于小说的理论、批评，其中有一种导向，尽管你可以接受也可以不接受，通常给人的印象是作家所追求的现实是波澜壮阔的现实，但是，细细研究我们的文学史，我觉得这个"现实"不一定大。刚才我所举的两个例子，一个是非常短的短篇小说，一个是非常厚的长篇小说。这两种"现实"，要说它的面积或者说空间要多大，还真不一定，其实是很小的。有一个诗人说过一句话：天堂在哪里？天堂在一粒沙里。这么强烈的比喻听上去非常有煽动性，也比较抒情。我觉得它结结实实地揭示了关于现实在什么地方的问题或者说我们对现实的描述破解了一个迷信。这粒沙是存在的，我们所需要的现实一定是存在的，但因为在一粒沙里，所以你很有可能忽略它，以为你的路是现实的，其实那一粒沙有可能恰好是优秀的作家所需要的现实。在路上寻找一粒沙当然是困难的,但是我们必须相信这是一个非常好的境界,一个作家所追求的或是他真正感兴趣的现实就在这一粒沙子里面。

　　我知道今天这样说得蛮玄的,我们讨论小说当中的现实是怎么回事,它在哪里,它有多大,这个问题更多地牵扯到阅读。说到一部小说的真实性或者说离我有多远,每人都有不同的感受,所以有时每人对一部小说的判断甚至会得出截然不同的结论。这有一个关键的问题:作家写小说,他心目中的现实应该有秩序的。所谓的真实或不真实,同学们信任或不信任、被它征服或不被它征服,都在于秩序的力量。所有的作家包括刚才说到的文本,不是现实生活照相式的反映也不是简单的调整,它几乎是推倒重来。所有作家在作品中对日常生活的秩序是先颠覆以后试图重新建立一个秩序。从时间上来看,我们认为人的正常的思维都是顺时针的,或者说顺时针永远是时间的表达方式。但是在很多有野心的作家这里,甚至连这个秩序都企图推翻。也就是说,他试图启开另外一个通向现实的窗口。我们可以举一个例子,古巴作家卡彭铁尔,他有一部作品我觉得拿来今天说事比较合适,就是《种子旅行》,写的是一个老人的一生。他先写老人的死,先写尸体,然后写老人的弥留之际,后来写他壮年时代、中年时代、青年时代,最后写老人在母亲的子宫里一个胚胎的状态。从写作的角度来看,这是一种叙述方法,用这样的叙述方法完全把时间倒置,来展示一个人对于生命的观察或是说对老人一生命运的观察。但是,这背后其实潜藏着作家非常大的野心,他甚至要调整时间的秩序,甚至把时间顺时针方向倒过来让你逆时针走。以我个人的感受来说,恰好是这逆时针走的方向让我读完小说拍案叫绝。不是说我对卡彭铁尔有多么喜欢,而是觉得他这样的一种发现,这样按逆时针走,没有哪一次写老人、写生命有这样的回味更准确。这样的文本当然有很多，作家调整日常生活秩序的能力有它的神秘之处，每个人都有自己的方法、手段。说到对真实现实生活秩序的安排，它有破坏性，但是也有另外一种可能性，它甚至有预见性。有一种说法"小说比生活更真实"，这种说法从哪种意义上来说呢？当然，我们首先必须承认小说是虚构的产物，小说中的所有的现实有可能是作家一个人的现实也有可能是大家的现实，问题在于现实建立的方法。有的小说是抽象的，要理解它背后潜藏的更深沉的内容，但是，也有的小说因为用奇特的现实的牵引方式，也就是非常奇特的虚构方式，导致了它比生活更精确地显示了某一种预兆。有一个最典型的例子是推理作家爱伦·坡，最有说服力的例子是他的一个非常奇特的文本，很短的小说叫《玛丽·罗杰的秘密》。这个小说还真不是虚构的，它是根据当时纽约报纸上报道的凶杀案写的。纽约街头一个卖花女被杀害了，这个案子一直没破。大家知道，爱伦·坡一直写推理小说，他就坐在书房里替警察局破案，所以他写了这篇非常短的小说。非常奇特的是作家心目中的现实在这篇小说中太有说服力了。他把玛丽·罗杰被杀的场所不知道为什么搬到了巴黎，变成了一个巴黎卖花女被杀害的故事，凶手之类都写是在巴黎。最奇特的是，这篇小说之后，也许是第二年也许是第三年，这个凶手在巴黎找到了。这是作家写作与现实的一个最奇妙的例子。当然，比较可惜的是这是一部推理小说，但是，我还是觉得和我今天说的"作家心目中现实是什么"还有一些关系。

# 关于文学的自问自答

**问**：谈谈你的创作经历和早期生活。

**答**：顽皮一点说,最早的创作是儿童时代在水泥地上的胡涂乱抹。我曾在化工厂的门口用粉笔描摹了墙上的一句口号"革命委员会好",受到了人们的一致称赞。那时候我是学龄前儿童。我九岁那年得了场重病,休学在家,终日躺在竹榻上,与《艳阳天》这部小说做伴,最早读过的小说就是《艳阳天》，那时候有一奇怪的癖好，在纸上写下一连串臆造的名字，然后在名单后面注明这人是党支部书记，那人是民兵营长，其实是在营造人物表。前些年我在家中翻抽屉时还找到过一张这样的人物表。也许这是我对文学最初的白日梦。我上大学时写过一阵诗，那时候十个大学生中有九个是诗人。诗歌创作对语言起了相当重要的磨砺作用，至少对我是这样。我后来开始学习创作小说，在1983年的《青春》七月号上发表了处女作《第八个是铜像》。竟然是写一个老知青的改革道路的，竟然在次年混到了"青春文学奖"。我拿到奖金后就纠集几个好朋友在北京的鸿宾楼吃了一顿，以示庆贺。

**问**：谈谈外国作家对你的影响。

**答**：这是一串长长的名单。他们包括世人皆知的那些大作家。海明威、福克纳、塞林格、博尔赫斯、马尔克斯。少年时代我曾迷恋过高尔基的《单恋》之类的流浪汉小说。而真正看到的第一片世界文学风景是在上海译文出版社出版的

《当代美国短篇小说集》中，辛格《市场街的斯宾诺莎》中那个迂腐、充满学究气的老光棍形象让我念念不忘。那时候我在苏州的一所中学里上高中。以我个人的兴趣，我认为当今世界最好的文学是在美国。我无法摆脱那一茬茬美国作家对我投射的阴影，对我的刺激和震撼，还有对我的无形的桎梏。

**问**：谈谈创作障碍问题，你怎样对待？

**答**：每个人在小说创作过程中都会遇到这个问题。障碍来自各个方面，包括政治方面的，包括他人的，最重要的恐怕还是来自自身的障碍，一个作家在成功的同时也就潜藏着种种危险。成功往往是依靠作家的艺术个性和风格，但是所谓个性和风格很容易成为美丽的泥沼，使作家深陷其中，不能自拔。一个作家的成功总是贴上某种新鲜的标志，随着时间流逝，这种标志会褪色，失去新鲜的意义。喜新厌旧的读者往往会产生厌烦心理，而作家不甘心轻易甩掉自己的风格模式，许多作家都是停留在原地继续筑巢的,就像鸟不肯飞离老巢,以一种固守的心态顺应文学潮流。这种自我胶滞状态常常导致写作障碍。避免和消除障碍的一个办法是无所留恋,把自己打碎,重新塑造,一切都从头做起,这很不容易,需要极大的勇气。障碍来自枯萎的心态。如果我使我的每个故事都不同以往,每句语言都异常新鲜,每种形式一俟成立又将其拆散,那么我的创作会多么富有活力,可惜的是这实在太不容易了。

**问**:你心中至高至上的艺术境界是什么样的?你认为你自己的小说有没有魅力?

**答**:我个人的毛病,总是沉湎于过去生活的枝枝节节,对未来却缺乏盘算。艺术境界是一种光,若有若无,可明可暗的。我希望达到的境界含有许多层次,我希望自然、单纯、宁静、悠远,我又希望丰富、复杂、多变。它们有一点是共通的,那就是必须是纯粹的艺术的。我读到一些优秀作品,它们就有那种我所向往的"光",譬如卡佛的一些短篇,《马笼头》《简单之至》,

譬如塞林格的《献给艾丝美》，譬如巴思的《迷失在开心馆中》等。我真正喜欢的往往是这样优秀的短篇。它们对于我是一种永远的诱惑和动力。说到魅力，这是个让人羞涩的问题。某种程度上，魅力是权术诡计的演变。我从来不玩权术，我认为我的作品没有多大的魅力，但是我不否认在创作上有时耍些小诡计，所以也不能否认魅力也许存在。对于这一点最好心中无数，否则容易矫揉造作、搔首弄姿。魅力是别人眼里的虚幻物，而小说是实在的，它需要你一字一字地创作，不得矫饰，不得盲动。

**问：** 你怎样看待先锋小说和先锋作家？

**答：** 所谓先锋派文学是相对的，在所有的文化范畴中，总有一种比较激进带有反抗背叛性质的文化，它们或者处于上升阶段，或者瞬间便已逝去，肯定有一种积极意义。"先锋"们具有冒险精神，在文学的广场上，敲打残砖余壁，破坏或创造，以此推动文学的发展。中国当代的先锋只是相对于中国文学而言，他们的作品形似外国作家作品,实际上是在另外的轨道上缓缓运行。也许注定是无法超越世界的。所以我觉得他们悲壮而英勇,带有神圣的殉道色彩。对于他们,嘲笑是无知的表现,冷漠是残忍的表现。我希望人们善良,起码应该有一种保护婴孩的正常心理。真正的先锋对自己的位置和价值应该有清醒的认识,他们应该有圣徒的品格和精神。所以,真正的先锋永远是一如既往的。

# 伟大的杂文

非小说文字中,我最喜欢阅读的是一些伟大的作家写出的伟大的杂文。

记得以前读鲁迅先生的文章,读到那个著名的一口痰和一群人的片段时,一种被震惊的快感使我咧嘴大笑,自此我的心目中便有了这种文体的典范和标准。

世界在作家们眼里是一具庞大而沉重的躯

体,小说家们围着这具躯体奔跑,为的是捕捉这巨人的眼神、描述它生命的每一个细节,他们甚至对巨人的梦境也孜孜不倦地作出各自的揣度和叙述,小说家们把世界神化了,而一些伟大的杂文作家的出现,则打乱了世界与文字的关系。

这些破除了迷信的人把眼前的世界当作一个病人,他们是真正勇敢而大胆的人,他们皱着眉头用自制的听诊器在这里听一下,在那里听一下,听出了这巨人体内的病灶在溃烂、细菌在繁衍,他们就将一些标志着疾病的旗帜准确地插在它的躯体上。

自此,我们就读到了一种与传统文学观念相背离的文字,反优美、反感伤、反叹息、反小题大做、反蜻蜓点水、反隔靴搔痒,我们在此领教了文字的战斗的品格,一种犀利的要拿世界开刀的文字精神。

作家如我,多年来睁大眼睛观察着世界这个巨人,观察它的眼神,但有时候它睡着了,没有眼神,我坐在它的口腔附近,能听见它的鼻息并能闻到隐隐的口臭。

作家如我，有时候企图为世界诊病，也准备了一把手术刀，一些标识疾病的旗帜，在这巨人的身边忙碌，但我发现我无法翻动它巨大而沉重的躯体，我无从下手，当我的手试探着从巨人的腋下通过时，我感受到巨人真正的重量，感受到它的体温像高炉溶液一样使你有灼痛的感觉，我感到恐惧，我发出了胆怯的被伤害了的惊叫。

作家如我，在世界这个巨人身边一筹莫展，而手中精心准备的那些五颜六色的旗帜受不了主人的犹豫和无能，做出背叛的决定，它们一改初衷，改换成了节日彩旗，发出一种类似欢迎的嘈杂声，使我的处境更加荒诞，使我的恐惧更加深刻。

作家如我，最后用一种不确定的声音指出世界患了牙周炎。听者说，我早就知道了，几乎人人都有牙周炎。我觉得颜面扫地，我俯身倾听世界内脏的声音，听到了一些啰音，我知道世界的肺部也许受到了感染。

我想把这个发现告诉别人,但听众也背叛了我,他们不辞而别,我终于发现我是白忙一场,更重要的是我觉得不管是谁有点啰音也没什么,就医学常识来说有点啰音不碍大事,我想我在忙些什么屁事啊,世界在睡觉我为什么不睡,于是我怀着虚无的激情躺在这巨人的脑袋边,一起呼呼大睡。

人要是睡着了除了做梦,什么也干不了,我梦的产量很高,所以一直也没写出像鲁迅那样伟大的杂文。

# 虚构的热情

我在许多场合遇到过许多我的读者,他们向我提出过许多有意思的话题,大多是针对小说中的某一个细节或者某一个人物的。那样的场合往往使我感叹文字和语言神奇的功能,它们在我无法预知的情况下进入了许多陌生人的生活中间,并且使他们的某种想象和回忆与我发生了直接的联系,我为此感到愉快。

但是也有很多时候，读者的一个常见的问题会令我尴尬，这个问题通常是这样的：你没有经历过某某小说中所描写的某某生活，你是怎么写出来的呢？我总是不能言简意赅地回答好这个问题。碰到熟悉的关系较密切的人，我就说，瞎编的；遇到陌生的人我选择了一个较为文雅的词语，那个词语就是虚构。

虚构这个词语不能搪塞读者的疑问，无疑他们不能满足于这么简单潦草的回答。问题在于我认为自己没有信口雌黄，问题在于我认为我说的是真话，问题在于我们对虚构的理解远远不能阐述虚构真正的意义。

所有的小说都是立足于主观世界，扎根于现实生活中，而它所伸展的枝叶却应该大于一个作家的主观世界，高于一个作家所能耳闻目睹的现实生活，它应该比两者的总和更加丰富多彩。一个作家，他能够凭借什么力量获得这样的能量呢？我们当然寄希望于他的伟大的灵魂，他的深厚的思想，但是这样的希望是既合理又空泛的，它同样适用于政治家、音乐家、画家甚至一个优秀的演员，而对于一个作家来说，虚构对于他一生的工作是至关重要的。虚构必须成为他认知事物的一种重要的手段。

虚构不仅是幻想，更重要的是一种把握，一种超越理念束缚的把握，虚构的力量可以使现实生活提前沉淀为一杯纯净的水，这杯水握在作家自己的手上，在这种意义上，这杯水成为一个秘方，可以无限地延续你的创作生命。虚构不仅是一种写作技巧，它更多的是一种热情，这种热情导致你对于世界和人群产生无限的欲望。按自己的方式记录这个世界这些人群，从而使你的文字有别于历史学家记载的历史，有别于报纸上的社会新闻或小道消息，也有别于与你同时代的作家和作品。

虚构在成为写作技术的同时又成为血液，它为个人有限的思想提供了新的增长点，它为个人有限的视野和目光提供了更广阔的空间，它使文字涉及的历史同时也成为个人心灵的历史。

如今，我们在谈论博尔赫斯、马尔克斯、卡

尔维诺时看见了虚构的光芒,更多的时候虚构的光芒却被我们忽略了。我们感叹卡夫卡对于人的处境和异化作出了最准确的概括,我们被福克纳描绘的那块邮票大的地方的人类生活所震撼。我们赞美这些伟大的作家,我们顺从地被他们所牵引,常常忘记牵引我们的是一种个人的创造力,我们进入的其实是一个虚构的天地,世界在这里处于营造和模拟之间,亦真亦幻,人类的家园和归宿在曙色熹微之间,同样亦真亦幻。我们就是这样被牵引,就这样,一个人瞬间的独语成为别人生活的经典,一个人原本孤立无援的精神世界通过文字覆盖了成千上万个心灵。这就是虚构的魅力,说到底这也是小说的魅力。

　　我想同时代的许多作家都面临着类似的难题:我们该为读者描绘一个什么样的世界,如何让这个世界的哲理和逻辑并重,忏悔和警醒并重,良知和天真并重,理想与道德并重,如何让这个世界融合每一天的阳光和月光。这是一件艰难的事,但却只能是我们唯一的选择。

图书在版编目（CIP）数据

夏天的一条街道 / 苏童著. —济南：山东画报出版社，2019.5

（双峰文丛）

ISBN 978-7-5474-2743-9

Ⅰ.①夏… Ⅱ.①苏… Ⅲ.①散文集–中国–当代 Ⅳ.①I267

中国版本图书馆CIP数据核字（2019）第038915号

夏天的一条街道
苏童 著

| | |
|---|---|
| **丛书策划** | 李文波 |
| **项目统筹** | 怀志霄 |
| **责任编辑** | 怀志霄 |
| **装帧设计** | 蔡立国 |
| 出 版 人 | 李文波 |
| 主管单位 | 山东出版传媒股份有限公司 |
| 出版发行 | 山东画报出版社 |
| 社　　址 | 济南市市中区英雄山路189号B座　邮编 250002 |
| 电　　话 | 总编室（0531）82098472 |
| | 市场部（0531）82098479　82098476（传真） |
| 网　　址 | http://www.hbcbs.com.cn |
| 电子信箱 | hbcb@sdpress.com.cn |
| 印　　刷 | 山东临沂新华印刷物流集团有限责任公司 |
| 规　　格 | 130毫米×185毫米 |
| | 10印张　150千字 |
| 版　　次 | 2019年5月第1版 |
| 印　　次 | 2019年5月第1次印刷 |
| 印　　数 | 1—20000 |
| 书　　号 | ISBN 978-7-5474-2743-9 |
| 定　　价 | 58.00元 |

**如有印装质量问题，请与出版社总编室联系更换。**
建议图书分类：文学